MIRIFIQUES AVENTURES

DE

MAITRE ANTIFER

COLLECTION HETZEL

LES VOYAGES EXTRAORDINAIRES

Couronnés par l'Académie française

MIRIFIQUES AVENTURES

DE

MAITRE ANTIFER

PAR

JULES VERNE

SECONDE PARTIE

ILLUSTRATIONS DE GEORGE ROUX

DÉPOT LEGAL

Seine
N° 4939

1894

BIBLIOTHÈQUE

D'ÉDUCATION ET DE RÉCRÉATION

J. HETZEL ET Cⁱᵉ, 18, RUE JACOB

PARIS

OUVRAGES DU MÊME AUTEUR

VOLUMES IN-8 ILLUSTRÉS.

En cours de publication dans le *Magasin d'Éducation et de Récréation* (année 1895), **L'Ile à Hélice,** par Jules Verne.

MIRIFIQUES AVENTURES
DE
MAITRE ANTIFER

SECONDE PARTIE

I

Qui contient une lettre de Juhel à Énogate, où sont
relatées les aventures dont maître Antifer.
fut le héros.

Combien était triste la maison de la rue des
Hautes-Salles à Saint-Malo, et à quel point
elle semblait déserte depuis que maître Antifer l'avait quittée! Dans quelles inquiétudes
s'écoulaient les jours, les nuits pour ces deux

femmes, la mère et la fille. La chambre vide de Juhel faisait vide toute cette demeure : c'est du moins l'impression que ressentait Énogate. Ajoutez-y que son oncle n'y était pas, que l'ami Trégomain n'y venait plus !

On était au 29 avril. Deux mois, deux mois déjà depuis que le *Steersman* avait pris la mer, emportant les trois Malouins en cette aventureuse campagne à la conquête d'un trésor. Comment s'était accompli leur voyage?... Où se trouvaient-ils alors?... Avaient-ils atteint leur but?...

« Mère... mère, disait la jeune fille, ils ne reviendront plus !

— Si... mon enfant... aie confiance... ils reviendront ! répondait invariablement la vieille Bretonne. Tout de même, peut-être qu'ils auraient mieux fait de ne pas nous quitter...

— Oui, murmurait Énogate, au moment où j'allais devenir la femme de Juhel ! »

Constatons ici que le départ de maître Antifer n'avait pas été sans produire un prodigieux effet en ville. On était si accoutumé à le voir déambuler, la pipe à la bouche, à travers les rues, le long du Sillon, sur les remparts ! Et Gildas Trégomain, marchant à son côté, un peu en arrière, ses jambes toujours arquées, son nez toujours aquilin, son veston toujours plissé aux entournures, sa bonne figure toujours placide et rayonnante de bonté!

Et Juhel, le jeune capitaine au long cours, dont sa ville natale s'enorgueillissait, qu'elle aimait autant que l'aimait Énogate — disons comme une mère aime son fils — ne voilà-t-il pas qu'il avait pris son vol, alors qu'il allait être nommé second d'un beau trois-mâts-barque de la maison Le Baillif et Cie!

Où étaient-ils tous les trois? on n'en avait aucune idée. Personne ne se doutait que le *Steersman* les conduisait à Port-Saïd. Énogate et Nanon étaient seules à savoir qu'ils devaient descendre la mer Rouge, s'aventurer presque aux limites septentrionales de l'océan Indien. Maître Antifer avait sagement fait garder son secret, puisqu'il ne voulait pas que Ben-Omar eût vent de quoi que ce fût, relatif au gisement du fameux îlot.

Toutefois, si l'on ne connaissait rien de son itinéraire, il n'en était pas ainsi de ses projets, trop loquace, trop exubérant, trop communicatif pour s'être tu à cet égard. A Saint-Malo comme à Saint-Servan, comme à Dinard,

on se répétait l'histoire de Kamylk-Pacha, la
lettre reçue par Thomas Antifer, l'arrivée du
mandataire annoncée par cette lettre, l'établis-
sement de la longitude et de la latitude d'un
îlot, le trésor invraisemblable de cent millions
— cent milliards, disaient même les mieux in-
formés. Aussi, avec quelle impatience on guettait la nouvelle de la découverte, et le retour
de ce capitaine caboteur transformé en nabab,
ramenant au port une cargaison de diamants
et de pierres précieuses !

Énogate n'en demandait pas tant. Que son
fiancé, son oncle, son ami, revinssent, même
les poches vides, elle serait satisfaite, elle
remercierait Dieu, et sa profonde tristesse se
changerait en une joie immense.

La jeune fille, cependant, n'était pas sans
avoir reçu les lettres de Juhel. Une première,
datée de Suez, lui relatant les détails du
voyage depuis leur séparation, marquait l'état
moral de son oncle dont la nervosité allait
toujours croissant, l'accueil fait à Ben-Omar
et à son clerc, exacts tous les deux au rendez-
vous assigné. Une deuxième lettre, datée de
Mascate, narrait les incidents de la navigation
à travers l'océan Indien jusqu'à la capitale de

l'imanat, disant à quel degré de surexcitation, voisin de la folie, en était maître Antifer, et annonçant le projet de gagner Sohar.

Aussi furent-elles dévorées, ces lettres de Juhel, qui ne se bornaient pas à raconter des impressions de voyage, ni à dévoiler l'état moral de son oncle, mais qui exprimaient à la jeune fille tout le chagrin de son fiancé d'avoir été séparé d'elle à la veille de leur mariage, d'être si loin, puis l'espoir de la revoir bientôt, d'arracher le consentement de leur oncle, même s'il revenait les mains pleines de millions! Énogate et Nanon lisaient et relisaient ces lettres, auxquelles elles ne pouvaient répondre, — cette consolation leur étant enlevée. Alors elles se livraient à tous les commentaires que ces récits leur suggéraient; elles comptaient sur leurs doigts les jours pendant lesquels les absents seraient encore retenus dans ces mers lointaines; elles les rayaient vingt-quatre heures par vingt-quatre heures du calendrier piqué au mur de la salle; enfin, après la dernière missive, elles s'abandonnaient à l'espoir que la seconde moitié du voyage serait consacrée au retour.

Une troisième lettre arriva le 29 avril, deux

mois environ depuis le départ de Juhel. En
voyant qu'elle était timbrée de la Régence de
Tunis, Énogate sentit son cœur battre de bonheur. Les voyageurs avaient donc quitté Mascate... ils étaient rentrés dans les mers d'Europe... ils revenaient vers la France... Que
fallait-il pour atteindre Marseille?... Au plus
trois jours! Et pour atteindre Saint-Malo par
ces rapides trains du P.-L.-M. et de l'Ouest?...
Au plus vingt-six heures!

La mère et la fille étaient assises dans une
des chambres du rez-de-chaussée, après avoir
refermé la porte sur le brave homme de fac-
teur. Personne ne viendrait les troubler. Elles
pouvaient laisser déborder leurs sentiments.

Dès qu'elle eut essuyé ses yeux un peu
humides, Énogate brisa l'enveloppe, en tira
la lettre, et lut à voix haute, donnant à chaque
phrase le temps d'être bien comprise.

> Régence de Tunis, La Goulette,
> 22 avril 1862.

« Ma chère Énogate,

« Je t'embrasse pour ta mère d'abord, pour
« toi ensuite et enfin pour moi. Mais que nous

« sommes loin l'un de l'autre, et quand finira
« cet interminable voyage !

« Je t'ai écrit deux fois déjà, et tu as dû

« recevoir mes lettres. Voici la troisième,
« plus importante encore, en premier lieu
« parce qu'elle te dira que la question du tré-
« sor s'est modifiée d'une très inattendue
« manière, au grand ennui de mon oncle... »

Énogate laissa échapper un petit cri de
vraie joie, et, battant des mains :

« Ils n'ont rien trouvé, ma mère, dit-elle,
et je n'épouserai pas un prince...

— Continue, ma fille ! » répondit Nanon.

Énogate acheva la phrase qu'elle avait interrompue.

« .... et ensuite parce que j'ai le gros chagrin
« de t'apprendre que nous allons être obligés
« de poursuivre nos recherches loin... bien
« loin... »

La lettre trembla entre les doigts d'Énogate.

« Poursuivre les recherches... bien loin !
murmurait-elle. Ils ne reviennent pas, mère...
ils ne reviennent pas !

— Du courage, ma fille, et continue ! » répéta
Nanon.

Énogate, ses beaux yeux pleins de larmes,
reprit la lecture de la lettre. Juhel racontait
sommairement ce qui s'était passé sur l'îlot
du golfe d'Oman, comment, au lieu du trésor, on n'avait trouvé qu'un document déposé
en cet endroit, et sur ce document la mention
d'une nouvelle longitude. Puis Juhel ajoutait :

« Juge un peu, ma chère Énogate, du désap-
« pointement de mon oncle, de la colère qui
« s'ensuivit, et aussi de ma déception, non
« point due à ce que nous n'avions pas pris
« possession du trésor, mais parce que notre
« départ pour Saint-Malo, mon retour près de

« toi, étaient retardés! J'ai cru que mon cœur
« allait se rompre... »

Énogate avait grand'peine à contenir les
battements du sien, et, par ce qu'elle éprouvait, elle comprenait ce que Juhel avait dû
souffrir.

« Pauvre Juhel! murmura-t-elle.

— Et pauvre toi! murmura la mère. Continue, ma fille! »

Énogate reprit d'une voix altérée par l'émotion :

« En effet, cette maudite longitude, Kamylk-
« Pacha nous enjoignait de la porter à la con-
« naissance d'un certain Zambuco, banquier
« à Tunis, lequel, de son côté, possède une
« seconde latitude. Évidemment, c'est dans
« un autre îlot que le trésor a été enfoui.
« Vraisemblablement, notre pacha avait aussi
« contracté une dette de reconnaissance en-
« vers ce personnage, lequel l'avait jadis obligé
« comme l'avait obligé notre grand-papa Anti-
« fer. Il y aurait donc à partager le legs entre
« deux légataires, ce qui réduirait de moitié
« la part de chacun. De là une extravagante
« colère de qui tu sais!... Plus que cinquante
« millions au lieu de cent!... Eh! j'en suis à

« désirer qu'ils soient cent mille, ceux dont
« ce généreux Égyptien a été le débiteur,
« afin qu'il en revienne si peu à mon oncle
« qu'il ne mette plus obstacle à notre ma-
« riage ! »

Et Énogate de dire :

« Est-ce qu'on a besoin d'argent quand on
s'aime !

— Non, et c'est même gênant ! répondit de
très bonne foi la vieille femme. Continue, ma
fille ! »

Énogate obéit.

« Lorsque notre oncle a lu ce document, il
« s'est trouvé si abasourdi que les chiffres de
« la nouvelle longitude et l'adresse de celui à
« qui elle doit être communiquée pour établir
« la situation de l'ilot, tout cela a été sur le
« point de lui échapper. Par bonheur, il s'est
« retenu à temps.

« Notre ami Trégomain, avec qui je m'en-
« tretiens si souvent de toi, ma chère Éno-
« gate, a esquissé une singulière grimace en
« apprenant qu'il s'agissait d'aller à la re-
« cherche d'un second îlot.

« Mon pauvre Juhel, m'a-t-il dit, est-ce qu'il
« se moquerait de nous, ce pachi-pachon-pa-

« cha?... Est-ce qu'il a envie de nous expédier
« au bout du monde?

« Sera-ce au bout du monde?... c'est ce que
« nous ne savons même pas au moment où je
« t'écris.

« En effet, si notre oncle a gardé pour lui
« les indications contenues dans ce document,
« c'est qu'il se défie de Ben-Omar. Depuis que
« cette espèce de fourbe a tenté de lui sou-
« tirer son secret à Saint-Malo, il le tient en
« suspicion. Peut-être n'a-t-il pas tort, et,
« pour tout dire, le clerc Nazim me paraît
« aussi suspect que son patron. Il ne me re-
« vient pas, ce Nazim, ni à monsieur Trégo-
« main — avec sa physionomie farouche et ses
« yeux sombres! Je t'assure que notre no-
« taire, M. Calloch, de la rue du Bey, n'en
« voudrait pas dans son étude. J'ai la convic-
« tion que si Ben-Omar et lui connaissaient
« l'adresse de ce Zambuco, ils chercheraient à
« nous devancer... Mais notre oncle n'en a pas
« soufflé mot, pas même à nous. Ben-Omar et
« Nazim ne savent point que nous allons à Tu-
« nis, et voilà comment, en quittant Mascate,
« nous en sommes tous à nous demander où la
« fantaisie du pacha nous envoie encore! »

Énogate s'arrêta un instant.

« Ces diaboliques manigances ne me plaisent guère ! » observa Nanon.

Juhel racontait ensuite les incidents qui avaient marqué le retour, le départ de l'îlot, le désappointement très marqué de l'interprète Selik à voir les étrangers revenir les mains vides, et ne mettant plus en doute qu'il ne se fût agi là que d'une simple promenade, enfin le pénible cheminement de la caravane, l'arrivée à Mascate, l'attente pendant deux jours du paquebot de Bombay.

« Et si je ne t'ai pas écrit une seconde fois
« de Mascate, ajoutait Juhel, c'est que j'es-
« pérais toujours apprendre quelque chose de
« nouveau et pouvoir t'en informer... Mais il
« n'en est rien, et tout ce que je sais, c'est que
« nous retournons à Suez, d'où nous parti-
« rons pour Tunis. »

Énogate, suspendant sa lecture, regardait Nanon qui hochait la tête en murmurant :

« Pourvu qu'ils n'aillent pas au bout du monde ! On peut tout craindre avec les infidèles !... »

L'excellente femme parlait de ces Orientaux comme on en parlait au temps des Croisades.

Et ·même, avec ses scrupules de pieuse Bretonne, les millions qui viendraient d'une telle
source lui paraîtraient de mauvais aloi... Mais
allez donc énoncer de pareilles idées devant
maître Antifer !

Juhel racontait alors le voyage de Mascate
à Suez, la traversée de l'océan Indien et de la
mer Rouge, Ben-Omar malade au delà de toute
vraisemblance...

« C'est tant mieux ! » dit Nanon.

Puis, durant tout ce voyage, Pierre-Servan-
Malo dont on ne pouvait tirer une parole !

« Vois-tu, ma chère Énogate, je ne sais ce
« qui arriverait si notre oncle était déçu dans
« ses espérances, ou plutôt je ne le sais que
« trop, il deviendrait fou. Qui aurait cru cela
« d'un homme si sage dans sa conduite, si
« modeste dans ses goûts! La perspective
« d'être cent fois millionnaire... Après cela,
« y a-t-il beaucoup de têtes qui y résiste-
« raient? Oui... nous deux sans doute! Mais
« cela tient à ce que notre vie est concentrée
« dans notre cœur !

« De Suez, nous avons gagné Port-Saïd, où
« il nous a fallu attendre le départ d'un stea-
« mer de commerce pour Tunis. C'est là que

« demeure ce banquier Zambuco auquel notre
« oncle doit communiquer cet infernal docu-
« ment... Mais lorsque la latitude de l'un et
« la longitude de l'autre auront déterminé le
« gisement du nouvel ilot, jusqu'où faudra-
« t-il l'aller chercher? Toute la question est
« là, et, à mon avis, elle est grave, puisque
« c'est d'elle que dépend notre retour en
« France... et près de toi... »

Énogate laissa tomber la lettre, que sa
mère ramassa. Elle ne pouvait en continuer
la lecture. Elle voyait les absents entraînés à
des milliers de lieues, exposés aux plus grands
dangers dans des contrées terribles, n'en revenant jamais peut-être, et ce cri lui échappa :

« Oh! mon oncle... mon oncle, quel mal vous
faites à ceux qui vous aiment tant !

— Pardonnons-lui, ma fille, répondit Nanon, et demandons à Dieu de le protéger ! »

Il y eut quelques instants de silence, pendant lesquels ces deux femmes s'unirent dans
une même prière.

Puis, Énogate reprit :

« C'est le 16 avril que nous avons quitté
« Port-Saïd. On ne doit point faire escale avant
« Tunis. Les premiers jours, nous avons na-

« vigué assez près du littoral égyptien, et au
« moment où Ben-Omar entrevit le port d'A-
« lexandrie, quel regard il lui jeta!... J'ai cru
« qu'il voudrait y débarquer, quitte à perdre
« sa prime... Mais son clerc est intervenu,
« et, dans leur langue dont nous n'avons pas
« compris un mot, il lui a fait entendre raison
« — assez brutalement, à ce qu'il m'a semblé.
« Il est visible que Ben-Omar a peur de ce Na-
« zim, et j'en suis à me demander si cet Égyp-
« tien est bien l'homme qu'il dit être, tant il a
« l'air d'un bandit! Aussi, quoi qu'il en soit, je
« me promets de le surveiller.

« Au delà d'Alexandrie, nous avons pris di-
« rection sur le cap Bon, en laissant au sud les
« golfes de Tripoli et de Gabès. Enfin, le re-
« vers des montagnes tunisiennes d'un aspect
« si sauvage s'est montré à l'horizon, avec les
« quelques fortins abandonnés qui hérissent
« leurs crêtes, un ou deux marabouts entre
« les rideaux de verdure. Puis, dans la soirée
« du 21 avril, nous avons atteint la rade de
« Tunis, et notre bâtiment a mouillé, le
« 22 avril, devant les môles de la Goulette.

« Ma chère Énogate, si, à Tunis, je suis
« plus près de toi que lorsque nous étions là-

« bas sur l'ilot du golfe d'Oman, que c'est loin
« toujours, et qui sait si la malchance ne va
« pas nous éloigner davantage! Il est vrai,
« d'être à cinq lieues ou à cinq mille, dès lors
« que l'on n'est pas l'un près de l'autre, cela
« est tout aussi triste! Ne te désespère pas,
« cependant, et répète-toi bien que, quelle que
« soit l'issue de ce voyage, il ne saurait se pro-
« longer.

« Je t'écris cette longue lettre à bord, afin
« de pouvoir la mettre à la poste dès que nous
« débarquerons à la Goulette. Elle te parvien-
« dra dans quelques jours. Sans doute, elle ne
« te dit pas ce que j'ignore, ce qu'il eût été si
« important de savoir, c'est-à-dire vers quels
« parages nous allons être entraînés. Mais
« notre oncle ne le sait pas lui-même, et cela ne
« peut être déterminé qu'après un échange de
« communications avec le banquier dont nous
« sommes probablement venus troubler le re-
« pos à Tunis. Car, enfin, lorsqu'il apprendra
« qu'il s'agit de cet énorme héritage à la moi-
« tié duquel il a droit, ce Zambuco voudra se
« mettre de la partie, il se joindra à nous pour
« les recherches ultérieures, il sera proba-
« blement aussi emballé que notre oncle...

« Du reste, sitôt que je connaîtrai la situa-
« tion de l'îlot numéro deux, — et je ne tar-
« derai pas à la connaître, puisque c'est moi
« qui serai chargé de la relever sur la carte,
« — je t'en informerai. Il est donc probable
« qu'une quatrième lettre succédera à cette
« troisième, à peu de jours d'intervalle.

« Comme la présente, d'ailleurs, elle por-
« tera pour ta mère et toi, chère Énogate, les
« bonnes amitiés de monsieur Trégomain et
« les miennes, et aussi celles de notre oncle,
« bien qu'il semble avoir perdu jusqu'au sou-
« venir de Saint-Malo, de sa vieille maison
« de famille, des êtres aimés qui l'habitent !

« Quant à moi, chère fiancée, c'est tout mon
« amour que je t'envoie, comme je recevrais
« tout le tien, s'il m'était possible d'avoir une
« lettre de toi, et crois-moi pour la vie

            « Ton bien fidèle et bien tendre

                « JUHEL ANTIFER. »

II

Dans lequel le colégataire de maître Antifer est présenté au lecteur dans les formes voulues par l'usage.

Lorsqu'on est arrivé sur la rade de Tunis, on n'est pas à Tunis. Il y a lieu, auparavant, de recourir aux embarcations du bord ou aux « mahonnes » du pays pour débarquer à la Goulette.

En effet, ce port n'est pas un port, en ce sens que les bâtiments, même d'un médiocre tonnage, ne peuvent pénétrer entre ses quais où viennent s'amarrer seulement les petits caboteurs et les barques de pêche. Les autres navires, voiliers et paquebots, doivent rester au large sur leurs ancres, et si l'écran des montagnes les abrite lorsque le vent souffle de l'est, ils sont livrés aux terribles assauts des bourrasques quand elles viennent de l'ouest ou du nord. On comprendra donc qu'il est indispensable de créer un port accessible à tous les bâtiments, même aux bâtiments de guerre, soit en agrandissant celui de Bizerte sur le littoral de la côte septentrionale de la Régence, soit en creusant un canal de dix kilomètres à travers le lac Bahira, après avoir fendu ce lido qui le sépare de la mer.

Il convient d'ajouter que maître Antifer et ses compagnons, une fois à la Goulette, ne seraient pas encore rendus à Tunis. Ils auraient à prendre ce petit chemin de fer de Rubattino, établi par une compagnie italienne, qui contourne le lac Bahira en passant au pied de cette colline de Carthage, sur laquelle se dresse la chapelle de Saint-Louis de France.

Lorsque nos voyageurs eurent franchi le quai, ils trouvèrent une sorte de bourg desservi par une large rue avec hôtel du gouverneur, église catholique, cafés, habitations particulières, en réalité tout ce qu'il y a de plus européen et même de plus moderne. On doit pousser jusqu'aux palais du littoral, que le bey occupe quelquefois, pendant la saison des

bains de mer, pour entrevoir un premier indice de couleur orientale.

Mais la couleur orientale, voilà ce dont ne
se préoccupait guère Pierre-Servan-Malo, ni
des légendes qu'ont laissées les Régulus, les
Scipion, les César, les Caton, les Marius, les
Annibal! Connaissait-il seulement les noms
de ces gros personnages? Par ouï-dire, tout
au plus, comme le bon Trégomain qui s'en
tenait aux gloires de sa ville natale, et cela
suffisait à son amour-propre. Seul, Juhel aurait pu s'abandonner à ces souvenirs histori-
ques, s'il n'eût été trop inquiet des soucis du
présent. C'était le cas de dire de lui ce qu'on
dit dans le Levant d'un homme distrait: « Il
cherche son fils qu'il porte sur ses épaules. »
Ce qu'il cherchait, lui, c'était sa fiancée avec
le chagrin de s'éloigner d'elle.

Après avoir traversé la Goulette, maître Antifer, le gabarier et Juhel, leur valise à la main,
— ils comptaient en renouveler le contenu à
Tunis, — vinrent attendre le premier train devant la gare. Ben-Omar et Nazim les suivaient
à distance. Maître Antifer n'ayant point des-
serré les dents, ils ne savaient rien de ce banquier Zambuco que le caprice de Kamylk-Pa-

cha avait voulu leur adjoindre. Grave ennui,
on en conviendra, sinon pour le notaire qui
toucherait quand même sa prime à la condition de ne point abandonner la partie, du moins
pour Saouk qui aurait à lutter contre deux héritiers au lieu d'un. Et ce nouveau, que serait-il ?

Au bout d'une demi-heure d'attente, les
voyageurs prenaient place dans le train, ils
s'arrêtaient quelques minutes à la station d'où
l'on peut apercevoir le revers de la colline de
Carthage et le couvent des Pères-Blancs, re-
nommé pour son musée archéologique, ils
atteignaient Tunis en quarante minutes, et,
suivant l'allée de la Marine, ils débouchaient
devant l'*Hôtel de France*, en plein quartier
européen. Des chambres furent mises à leur
disposition, — trois chambres un peu nues,
très hautes de plafond, auxquelles on accédait
par un vaste escalier, et dont les lits étaient
garnis de moustiquaires. Le restaurant du rez-
de-chaussée devait leur offrir le déjeuner et
le dîner, aux heures qui leur conviendraient,
dans une large salle très confortable. On eût
dit l'un des bons hôtels de Paris ou autre
grande ville. Peu importait, après tout, car

nos Malouins espéraient bien n'y point séjourner.

Maître Antifer ne se donna même pas le
temps de monter jusqu'à sa chambre.

« Je vous retrouverai ici, dit-il à ses compagnons.

— Va, mon ami, répliqua le gabarier et
enlève ton affaire à l'abordage ! »

C'était précisément l'abordage qui inquiétait l'oncle de Juhel. Il n'avait certes pas
l'intention de ruser avec son colégataire,
comme Ben-Omar avait rusé avec lui. Honnête
homme, et d'une parfaite droiture malgré son
originalité, il avait décidé d'agir sans ambages.
Il irait droit au banquier, il lui dirait :

« Voilà ce que je vous apporte... Voyons ce
que vous avez à m'offrir en échange, et en
route ! »

D'ailleurs, à s'en rapporter au document
trouvé sur l'îlot, ledit Zambuco devait être
prévenu qu'un certain Antifer, français d'origine, lui apporterait la longitude nécessaire
pour établir le gisement d'un îlot qui renfermait un trésor. Le banquier n'aurait donc
pas lieu d'être surpris de cette visite.

Une crainte obsédait maître Antifer pourtant — la crainte que son colégataire ne parlât pas le français. Si Zambuco comprenait la langue anglaise, on pourrait encore s'en tirer avec l'aide du jeune capitaine. Mais, s'il ne savait aucune de ces deux langues, il faudrait recourir à l'intervention d'un interprète? Et alors, on serait à la merci d'un tiers pour un secret d'une valeur de cent millions...

En quittant l'hôtel, maître Antifer, sans dire où il allait, avait demandé un guide. Puis, ce guide et lui disparurent au tournant de l'une des rues qui s'amorcent à la place de la Marine.

« Comme il n'a pas besoin de nous... avait fait observer le gabarier aussitôt son départ.

— Allons nous promener, et commençons par mettre ma lettre à la poste, » avait répondu Juhel.

Et les voilà, après avoir quitté le bureau de poste contigu à l'hôtel, qui se dirigeait vers Bab-el-Bahar, la Porte de Mer, afin de contourner extérieurement le périmètre de l'enceinte, laquelle fait à Tunis-la-Blanche une ceinture crénelée de deux bonnes lieues de France.

Cependant, à cent pas de l'hôtel, maître Antifer avait dit à son guide-interprète :

« Vous connaissez le banquier Zambuco ?

— Tout le monde le connaît ici.

— Et il demeure ?...

— Dans la ville basse, au quartier des Maltais.

— C'est là qu'il faut me conduire...

— A vos ordres, Excellence. »

En ces pays d'Orient, on dit Excellence comme on dirait monsieur.

Maître Antifer se dirigea vers la ville basse. Soyez assuré qu'il ne prêta aucune attention aux curiosités de la route : ici, une de ces mosquées que l'on compte par centaines à Tunis, et que dominent leurs élégants minarets ; là, des débris d'origine romaine ou sarrazine ; puis une place pittoresque, abritée sous la verdure des figuiers et des palmiers ; puis des rues étroites, dont les maisons se regardent les yeux dans les yeux, montantes, descendantes, bordées de boutiques sombres, où s'entassent les denrées, les étoffes, les bibelots, selon qu'elles desservent les quartiers francs, italiens, juifs ou maltais. Non ! Pierre-Servan-Malo ne songeait qu'à cette visite, imposée par Kamylk-Pacha, à l'accueil qu'il allait recevoir... Bon ! il n'en doutait pas !

NE PRÊTA AUCUNE ATTENTION AUX CURIOSITÉS DE LA ROUTE. (Page 24.)

Lorsqu'on apporte à un particulier cinquante millions, il y a gros à parier que l'on sera bien reçu.

Après une demi-heure de marche, le quartier des Maltais fut atteint. Ce n'est pas le plus propre de cette ville de cent cinquante mille âmes, qui ne brille guère par excès de propreté, surtout en sa partie ancienne. A cette époque, d'ailleurs, le protectorat français ne lui avait pas encore imposé le drapeau de la France.

A l'extrémité d'une rue, ou plutôt d'une ruelle de ce quartier commerçant, le guide s'arrêta devant une maison de médiocre apparence. Bâtie sur le modèle de toutes les habitations tunisiennes, elle présentait un gros bloc carré, avec terrasse, sans fenêtres extérieures, et une cour, un de ces « patios » à la mode arabe, autour duquel les chambres prennent jour.

L'aspect de cette maison ne donna pas à maître Antifer l'idée que son propriétaire fût à même de nager — il disait : tirer sa coupe — dans l'opulence. Et il pensa que cela valait mieux pour assurer la réussite de ses projets.

« C'est bien ici que demeure le banquier Zambuco?... demanda-t-il au guide.

— Ici même, Excellence.

— C'est sa maison de banque?...

— C'est elle.

— Il n'a pas d'autre habitation?...

— Non, Excellence.

— Est-ce qu'il passe pour être riche?...

— Riche à millions.

— Diable! fit maître Antifer.

— Mais aussi avare que riche! ajouta le guide.

— Rediable! » refit maître Antifer.

Et, là-dessus, il renvoya l'homme aux « Excellence », qui reprit le chemin de l'hôtel.

Il va sans dire que Saouk les avait suivis, évitant de se laisser voir. Maintenant, il savait où demeurait Zambuco. Pourrait-il agir à son profit vis-à-vis de ce banquier? L'occasion se présenterait-elle de s'entendre avec lui de manière à évincer maître Antifer? S'il survenait un désaccord entre les deux colégataires de Kamylk-Pacha, n'y aurait-il pas lieu de l'exploiter? C'était réellement une mauvaise chance, quand ils étaient tous réunis sur l'îlot numéro un, que maître Antifer n'eût pas

laissé échapper, avec le nom de Zambuco, le
chiffre de la nouvelle longitude. Si Saouk
l'eût connu, peut-être aurait-il pu arriver le
premier à Tunis, affrioler le banquier en lui
promettant une prime considérable, ou même
lui arracher son secret sans bourse délier?...
Mais la réflexion lui vint que c'était maître
Antifer, non un autre, que le document dési-
gnait... Eh bien! Saouk s'en tiendrait à son
programme, il l'exécuterait impitoyablement,
et, lorsque le Maltais et le Malouin seraient en
possession du legs, il saurait bien les en dé-
pouiller tous les deux.

Pierre-Servan-Malo entra dans la maison du
banquier, et Saouk attendit au dehors.

Les constructions en retour, à gauche, ser-
vaient de bureau. A l'intérieur de la cour,
personne. Elle semblait être aussi abandonnée
que si la maison de banque eût été fermée, le
matin même, pour cause de cessation de paie-
ment.

Mais, que l'on se rassure, le banquier Zambuco n'avait point fait faillite.

Il convient de se figurer ce banquier tunisien
sous l'aspect d'un homme de moyenne taille,
âgé d'une soixantaine d'années, maigre et

2.

nerveux, les yeux vifs, durs, émerillonnés
d'un regard fuyant, la figure glabre sans un
poil de barbe, le teint parcheminé, les cheveux
grisonnants et feutrés comme une calotte qui
eût été collée à son crâne, le dos légèrement
arrondi, les mains ridées, munies de doigts
longs et crochus. Il possédait toutes ses dents,
— des dents habituées à mordre que décou-
vraient volontiers ses lèvres minces. Quoiqu'il
ne fût pas très observateur, maître Antifer
sentit que la personne de ce Zambuco n'offrait
rien de sympathique, et il se dit que d'entrer
en rapport avec un tel bonhomme ne pourrait
jamais lui procurer aucun agrément.

Au vrai, le banquier n'était qu'une sorte
d'usurier, un prêteur sur gages, qui aurait pu
naître juif et qui était d'origine maltaise. De
ces Maltais, il y en a de cinq à six mille à
Tunis.

Zambuco passait pour avoir amassé une
grosse fortune dans toutes les louches opérations de banque, — celles qui se font avec de
la glu aux doigts. Riche, il l'était, en effet, et
il en tirait vanité. Mais, à l'entendre, on n'est
jamais riche tant qu'on peut le devenir davantage. On le disait plusieurs fois millionnaire,

et on ne se trompait pas, malgré l'apparence humble et misérable de sa maison, — ce qui avait induit maître Antifer en erreur. Cela dénotait chez ce Zambuco une parcimonie prodigieuse en ce qui concerne les nécessités de l'existence. Était-ce donc qu'il n'avait pas de besoins? Très peu, sans doute, et il évitait de s'en créer, grâce à ses instincts de thésauriseur. Entasser sacs d'écus sur sacs d'écus, accaparer l'argent, drainer l'or, faire main basse sur tout ce qui représente une valeur quelconque, c'est à des tripotages de ce genre que s'était consacrée sa vie entière. De là, plusieurs millions bien et dûment encoffrés par lui, sans trop s'inquiéter de les rendre productifs.

Ce qui aurait paru invraisemblable, contradictoire même, c'eût été qu'un pareil homme ne fût pas resté célibataire. Si le célibat est tout indiqué, n'est-ce pas justement en faveur des types de cette espèce? Aussi Zambuco n'avait-il jamais eu la pensée de se marier, « et comme c'est heureux pour sa femme, » répétaient volontiers les loustics du quartier maltais. De frères, de cousins, enfin de parents d'aucune sorte, on ne lui en connaissait pas, sauf une sœur. Les générations antérieures des Zambuco se résumaient en lui. Il vivait solitairement au fond de sa maison, disons de ses bureaux, disons même de son coffre-fort, n'ayant à son service qu'une vieille Tunisienne, qui ne coûtait cher ni en nourriture ni en gages. De ce qui entrait dans cette caverne, rien ne ressortait plus à vrai dire. On voit quel rival maître Antifer allait avoir devant lui, et il est permis de se demander quel genre de service ce peu sympathique personnage avait jamais pu rendre à Kamylk-Pacha au point d'avoir mérité les marques de sa reconnaissance.

Cela était, cependant, ainsi qu'il est facile de l'expliquer en quelques lignes.

Lorsqu'il n'avait que vingt-sept ans, orphelin de père et de mère, — et à quoi lui eût servi d'avoir des parents dont il ne se fût guère soucié? — Zambuco habitait Alexandrie. Il y exerçait, mais avec une sagacité, une persévérance infatigables, les diverses industries du courtage, empochant des commissions de l'acheteur et du vendeur, intermédiaire avant de devenir marchand, et marchand d'argent, — ce qui est bien le plus fructueux des métiers mis à la disposition de l'intelligence humaine.

Ce fut en 1829, on ne l'a pas oublié, que la

pensée vint à Kamylk-Pacha, très inquiet pour
sa fortune convoitée par son cousin Mourad,
et, à l'instigation de ce dernier, par l'impérieux
Méhémet-Ali, de réaliser ses richesses, puis de
les transporter en Syrie, où elles devaient être
plus en sûreté qu'en aucune ville de l'Égypte.

Pour cette grosse opération, quelques agents
lui furent nécessaires. Toutefois, il ne voulut
recourir qu'à des étrangers dignes de sa confiance. Ces agents, d'ailleurs, risquaient gros
jeu, et, à tout le moins, leur liberté, en soutenant le riche Égyptien contre le vice-roi. Le
jeune Zambuco fut du nombre. Il s'entremit
avec un zèle que de généreuses commissions
récompensèrent alors; il fit plusieurs voyages
à Alep; enfin, il contribua largement à la réa-
lisation de la fortune de son client et à son
transport en lieu sûr.

Cela n'alla point sans difficultés ni périls, et,
après le départ de Kamylk-Pacha, quelques-uns
des agents qu'il avait employés, entre autres
ce Zambuco, découverts par la soupçonneuse
police de Méhémet-Ali, furent emprisonnés.
Faute de preuves suffisantes, cependant, on se
décida à les relâcher; mais, malgré cela, ils
avaient été punis de leur dévouement.

Ainsi, de même que le père de maître Antifer
avait rendu service à Kamylk-Pacha en 1799,
lorsqu'il le recueillait à demi mort sur les roches
de Jaffa, de même, trente ans plus tard, Zambuco acquérait des droits à sa reconnaissance.

Kamylk-Pacha ne devait pas l'oublier.

Ce simple exposé des faits explique pourquoi, en 1842, Thomas Antifer d'une part, le
banquier Zambuco de l'autre, l'un à Saint-Malo
l'autre à Tunis, avaient reçu une lettre, les
informant qu'ils auraient un jour à prendre
leur part d'un trésor d'une valeur de cent
millions, déposé dans un îlot dont on leur
donnait à chacun la latitude et dont la longitude serait communiquée à l'un et à l'autre en
temps voulu.

Si cette information avait produit l'effet que
l'on sait sur Thomas Antifer, sur son fils après
lui, on voudra bien admettre que cet effet ne
fut pas moins puissant sur un personnage tel
que le banquier Zambuco. Il va de soi qu'il
ne dit mot de cette lettre à personne. Il enferma
les chiffres de sa latitude dans un des tiroirs
de son coffre-fort à triple secret, et, depuis
cette époque, pas une minute de sa vie ne
s'écoula sans qu'il s'attendît à voir apparaître

l'Antifer annoncé dans la lettre de Kamylk-
Pacha. En vain tenta-t-il de connaître le sort
de cet Égyptien. Rien n'avait transpiré de sa
capture à bord du brick-goélette en 1834, rien
de son transport au Caire, rien de son empri-
sonnement dans la forteresse pendant dix-huit
ans, rien de sa mort survenue en 1852.

Or, on était en 1862. Vingt ans écoulés
depuis 1842, et le Malouin n'avait point paru,
et la longitude n'avait pas rejoint la latitude...
Le gisement de l'ilot était toujours à déterminer... Cependant Zambuco n'avait point
perdu confiance. Que les intentions de Kamylk-
Pacha dussent se réaliser tôt au tard, il n'en
voulait pas douter. Dans sa pensée, le susdit
Antifer se montrerait aussi sûrement à l'horizon
de la rue des Maltais qu'une comète annoncée
par les observatoires des deux mondes se
montre à travers l'espace. Son seul regret,
— regret très naturel chez un tel homme, —
c'était d'avoir à partager le legs avec un autre.
Aussi l'envoyait-il mentalement à tous les
diables. Mais il ne pouvait rien changer aux
dispositions prises par le reconnaissant Égyptien. Et, pourtant, de partager les cent millions,
cela lui paraissait monstrueux!... C'est pour-

quoi, depuis nombre d'années, il avait entassé réflexions sur réflexions, imaginé mille et mille combinaisons tendant à ce que l'héritage tout entier restât entre ses mains... Réussirait-il?... Tout ce qu'il est permis d'affirmer, c'est qu'il était bien préparé à recevoir l'Antifer, quel qu'il fût, qui viendrait lui apporter la longitude promise.

Inutile d'ajouter que le banquier Zambuco, peu au courant des choses de navigation, s'était fait expliquer comment, au moyen d'une longitude et d'une latitude, c'est-à-dire par le croisement de deux lignes imaginaires, on arrivait à établir la position d'un point sur le globe. Et ce qu'il avait surtout compris, c'est que la réunion des deux colégataires était indispensable, et que, s'il ne pouvait rien sans Antifer, Antifer ne pouvait rien sans lui.

III

Dans lequel maître Antifer se trouve en présence d'une proposition tellement baroque qu'il prend la fuite afin de n'y pas répondre.

« Peut-on voir le banquier Zambuco ?...

— Oui, si c'est pour affaire.

— C'est pour affaire.

— Votre nom ?...

— Annoncez un étranger, cela suffit. »

C'était maître Antifer qui formulait ces demandes auxquelles répondait, en assez mauvais français, un indigène, vieux et grognon, attablé au fond d'un étroit cabinet divisé en deux parties par une cloison à guichet grillagé.

Le Malouin n'avait pas jugé à propos de donner son nom, désireux de voir l'effet que ce nom produirait sur le banquier, quand il lui dirait à brûle-pourpoint :

3.

« Je suis Antifer, fils de Thomas Antifer, de Saint-Malo. »

Un instant après, il était introduit à l'intérieur d'un cabinet sans tentures, les murs blanchis à la chaux, le plafond noir de la fumée des lampes, uniquement meublé d'un coffre dans un coin, d'un secrétaire à cylindre dans l'autre, d'une table et de deux escabeaux.

Devant cette table était assis le banquier. Les deux héritiers de Kamylk-Pacha allaient donc se trouver face à face.

Sans se lever, Zambuco ajusta du pouce et du médium les larges lunettes rondes achevalées sur son nez en bec de perroquet, et, redressant à peine la tête :

« A qui ai-je l'honneur de parler ? demandat-il en français avec un accent que n'eût pas désavoué quelque natif du Languedoc ou de la Provence.

— Au capitaine caboteur maître Antifer, » répondit le Malouin, persuadé que ces cinq mots allaient provoquer un cri de Zambuco, un bondissement hors de son fauteuil, et cette brève réponse :

« Vous... enfin !... »

Le banquier ne bondit point. Aucun cri ne

s'échappa de sa bouche pincée. La réponse
attendue ne sortit pas de ses lèvres. Mais un
observateur attentif aurait pu remarquer qu'un
éclair brilla soudain derrière la lentille des
lunettes — un éclair que les paupières, en
s'abaissant, éteignirent aussitôt.

« Je vous dis que je suis maître Antifer...

— J'ai bien entendu.

— Antifer Pierre-Servan-Malo, fils de Thomas Antifer, de Saint-Malo... Ille-et-Vilaine...
Bretagne... France...

— Vous avez une lettre de crédit sur moi?...
demanda le banquier, sans que sa voix trahît
la plus légère altération.

— Une lettre de crédit... oui!... répliqua
maître Antifer, absolument déconcerté par la
froideur de cet accueil, une lettre de crédit de
cent millions...

— Donnez!... » répondit simplement Zambuco, comme s'il se fût agi d'un effet de quelques piastres.

Du coup, le Malouin se sentit démonté.
Comment! depuis vingt ans, ce flegmatique
banquier était prévenu qu'il aurait sa part d'un
trésor d'une valeur invraisemblable, qu'un
jour un certain Antifer viendrait, pour ainsi

dire, la lui apporter... et il ne bronchait pas
devant cet envoyé de Kamylk-Pacha... Ni un
signe de surprise, ni un éclat de satisfaction?...
Ah çà! est-ce que le document de l'îlot numéro
un avait fait erreur? Est-ce à un autre que ce
Maltais tunisien qu'il fallait s'adresser? Le
banquier Zambuco n'était-il pas le possesseur
de la latitude qui devait permettre de marcher
à la conquête du second îlot?...

Un frisson parcourut de la tête aux pieds le
désappointé colégataire. Le sang lui reflua au
cœur, et il n'eut que le temps de s'asseoir sur
un des escabeaux.

Le banquier, sans faire un mouvement pour
lui porter secours, le regardait à travers ses
lunettes, tandis qu'un léger rictus se dessinait
à la commissure de ses lèvres. Et il semblait
bien que ces mots lui seraient échappés, s'il
n'avait eu soin de les retenir :

« Pas fort, ce matelot-là! »

Ce qui signifiait : « pas difficile à rouler! »

Cependant, Pierre-Servan-Malo s'était remis.
Puis, après avoir passé son mouchoir sur sa
figure et manœuvré son caillou entre ses gen-
cives, se relevant :

« Vous êtes bien le banquier Zambuco?...

demanda-t-il, en frappant la table de sa grosse main.

— Oui... le seul de ce nom à Tunis.

— Et vous ne m'attendiez pas ?...

— Non.

— Mon arrivée ne vous avait pas été annoncée ?...

— Et comment l'eût-elle été ?...

— Par la lettre d'un certain pacha...

— Un pacha ? répondit le banquier. Mais, des lettres de pacha, j'en ai reçu par centaines...

— Kamylk-Pacha... du Caire ?...

— Je ne me souviens pas. »

Tout ce jeu de Zambuco tendait, en somme, à ce que maître Antifer s'ouvrît complètement à lui, et qu'il en vînt à offrir sa marchandise, c'est-à-dire sa longitude, sans que l'autre eût offert sa latitude.

Toutefois, au nom de Kamylk-Pacha, il eut bien l'air d'un homme auquel ce nom n'était pas inconnu. Il cherchait au fond de sa mémoire.

« Attendez donc, dit-il, en rajustant ses lunettes. Kamylk-Pacha... du Caire ?...

— Oui... reprit maître Antifer, une sorte de Rothschild égyptien, qui possédait une énorme fortune en or, diamants et pierres précieuses...

— Cela me revient... en effet...

— Et qui a dû vous prévenir que la moitié de cette fortune vous appartiendrait un jour...

— Vous avez raison, monsieur Antifer, et je dois avoir cette lettre quelque part...

— Comment... quelque part!... Vous ne savez seulement pas où elle est?...

— Oh! rien ne se perd ici... Je la retrouverai. »

Et, sur cette réponse, l'attitude de maître Antifer, le geste de ses deux mains disposées en griffes, indiquaient visiblement qu'il tordrait le cou au banquier, si cette lettre ne se retrouvait pas.

« Voyons, monsieur Zambuco, reprit-il en essayant de se maîtriser, votre calme est renversant!... Vous parlez de cette affaire avec une indifférence...

— Peuh!... fit le banquier.

— Comment... comment peuh!... quand il s'agit de cent millions de francs... »

Les lèvres de Zambuco ne dessinèrent qu'une moue assez dédaigneuse. En vérité, cet homme-là se souciait d'un million comme d'une peau d'orange ou d'un zeste de citron.

« Ah ! le gueux !... Il est donc cent fois millionnaire ! » pensa maître Antifer.

Mais, en ce moment, le banquier détourna la conversation sur une autre piste, dans le but d'apprendre ce qu'il ignorait encore, c'est-à-dire à la suite de quel enchaînement de faits, il recevait la visite du Malouin. Aussi, dit-il d'un ton assez dubitatif, en essuyant ses lunettes du coin de son mouchoir :

« D'ailleurs, est-ce que vous croyez sérieusement à cette histoire de trésor ?...

— Si j'y crois ?... Comme je crois à la Sainte Trinité en trois personnes ! »

Et cela, il l'affirma avec autant de conviction, avec autant de foi qu'on en peut mettre, lorsqu'on est Breton bretonnant.

Alors, il raconta tout ce qui s'était passé, dans quelles conditions, en 1799, son père avait sauvé la vie du pacha ; comment en 1842, une mystérieuse lettre était arrivée à Saint-Malo, annonçant le dépôt du trésor sur un îlot à rechercher ; comment lui, Antifer, avait reçu de son père mourant ce secret connu de lui seul ; comment, pendant vingt années il avait attendu le messager chargé de compléter la formule hydrographique permettant d'établir le gisement de l'ilot; comment Ben-Omar, un notaire d'Alexandrie, dépositaire des dernières volontés de Kamylk-Pacha, lui avait apporté le testament contenant la longitude si désirée, qui servit à relever sur la carte un îlot du golfe d'Oman au large de Mascate; comment maître Antifer, accompagné de son neveu Juhel, de son ami Trégomain, de Ben-Omar qui leur était imposé en qualité d'exécuteur testamentaire, et du clerc de Ben-Omar, avaient fait le voyage de Saint-Malo à Mascate; comment l'îlot avait été trouvé dans les parages du golfe, au large de Sohar; comment, enfin, au lieu du trésor, à la place même indiquée par un double K, il n'y avait qu'une boîte, mais dans cette boîte un document donnant la longitude d'un deuxième îlot, document que maître Antifer devait communiquer au banquier Zambuco, de Tunis, lequel possédait la latitude qui permettrait de déterminer la position de ce nouvel îlot... »

Quelque indifférent qu'il voulût paraître, le banquier avait écouté ce récit avec une attention extrême. Un léger tremblement de ses longs doigts indiquait une vive émotion. Lorsque maître Antifer, qui transpirait à grosses gouttes, eut achevé, Zambuco se borna à dire :

« Oui... en effet... l'existence du trésor semble ne pas être douteuse. Maintenant, quel intérêt Kamylk-Pacha a-t-il eu à procéder de la sorte?... »

En effet, cet intérêt n'apparaissait pas très nettement.

« Ce que l'on peut imaginer, répondit maître Antifer, c'est que... Mais d'abord, monsieur Zambuco, avez-vous été en quoi que ce soit mêlé aux diverses péripéties de l'existence du pacha?... Avez-vous été à même de lui rendre un service quelconque?...

— Sans doute... un très grand.

— Et à quelle occasion?...

— Lorsqu'il eut la pensée de réaliser sa fortune, alors qu'il habitait le Caire, où je demeurais à cette époque.

— Eh bien... c'est clair... Il a voulu faire concourir à la découverte du trésor les deux personnes auxquelles il entendait témoigner sa reconnaissance... vous... et moi à défaut de mon père...

— Et pourquoi n'y en aurait-il pas d'autres? suggéra le banquier.

— Ah! ne me dites pas cela! s'écria maître

3.

Antifer, qui ébranla la table d'un formidable coup de poing. C'est assez... c'est trop déjà d'être deux...

— En effet, répliqua Zambuco. Mais encore une explication, s'il vous plaît. Pourquoi ce notaire d'Alexandrie vous accompagne-t-il pendant vos recherches?...

— Une clause du testament lui assure une commission à l'expresse condition qu'il assiste de sa personne à la délivrance du legs quand on le déterrera...

— Et quelle est cette commission?...

— Un pour cent.

— Un pour cent!... Ah! le coquin!

— Le coquin... c'est bien le nom qu'il mérite, s'écria maître Antifer, et croyez que je ne le lui ai point épargné! »

Voilà une qualification sur laquelle les deux colégataires s'entendraient toujours à merveille, et, si détaché qu'il voulût paraître de cette affaire, on ne s'étonnera pas que ce cri du cœur eût échappé au banquier Zambuco.

« Maintenant, dit le Malouin, vous êtes au courant de la situation, et il n'y a aucune raison, j'imagine, pour que nous n'agissions point avec franchise l'un vis-à-vis de l'autre. »

Le banquier demeura impassible.

« Je possède la nouvelle longitude trouvée sur l'îlot numéro un, continua maître Antifer, et vous devez posséder la latitude de l'îlot numéro deux...

— Oui... répondit Zambuco, avec une certaine hésitation.

— Alors pourquoi avez-vous feint, lorsque je suis arrivé ici, lorsque je vous ai dit mon nom, de ne rien connaître à cette histoire?

— Tout simplement, parce que je ne voulais pas me livrer au premier venu... Vous pouviez être un intrus, monsieur Antifer, ne vous fâchez pas, et je désirais m'assurer... Puisque vous avez le document qui vous enjoint de vous mettre en rapport avec moi...

— Je l'ai.

— Montrez-le.

— Un instant, monsieur Zambuco! Donnant... donnant!... Vous avez, vous, la lettre de Kamylk-Pacha?...

— Je l'ai.

— Eh bien... lettre contre document... Il faut que l'échange se fasse d'une façon régulière et réciproque.

— Soit! » répondit le banquier.

Et, se levant, il se dirigea vers son coffre, en fit jouer les secrets, non sans y mettre une lenteur, dont maître Antifer enrageait.

Pourquoi ces inexplicables manières d'agir? Zambuco voulait-il donc imiter les procédés employés par Ben-Omar à Saint-Malo, et cherchait-il à dérober au Malouin ce secret que le notaire n'avait pu lui arracher?

Non, en aucune façon, puisque cela n'eût pas été possible vis-à-vis d'un homme si résolu à ne livrer sa marchandise que contre argent comptant. Mais le banquier avait un projet, un projet longuement et mûrement médité, un projet qui, en cas de réussite, assurerait les millions de Kamylk-Pacha à sa famille, c'est-à-dire à lui, — projet qui exigeait comme condition indispensable que son cohéritier fût veuf ou célibataire.

Aussi, tout en faisant cliqueter les boutons de son coffre-fort, il se retourna un instant, et d'une voix qui tremblait un peu :

« Vous n'êtes pas marié?... demanda-t-il.

— Non, monsieur Zambuco, et c'est là une situation sociale dont je me félicite matin et soir. »

La dernière partie de cette réponse provoqua un froncement de sourcil du banquier, qui se remit à sa besogne.

Avait-il donc une famille, ce Zambuco? Oui, et personne ne s'en doutait à Tunis. Sa famille, en réalité, ne se composait que d'une sœur, ainsi que cela a été dit. Mlle Talisma Zambuco vivait assez modestement à Malte, d'une pension que son frère lui servait. Seulement, — ce qu'il importe d'ajouter, — c'est qu'elle y vivait depuis quarante-sept ans déjà, autant dire un demi-siècle. Elle n'avait jamais eu l'occasion de se marier, — d'abord parce qu'elle laissait à désirer sous le rapport de la beauté, de l'intelligence, de l'esprit, de la fortune, et aussi parce que son frère ne lui avait pas encore trouvé un mari, et que les épouseurs ne songeaient point, paraît-il, à se présenter d'eux-mêmes.

Et cependant, Zambuco comptait fermement que sa sœur se marierait un jour. Avec qui, grand Dieu?... Eh bien, avec cet Antifer dont il attendait la visite depuis vingt ans, et qui comblerait les vœux de la vieille fille, pourvu qu'il fût veuf ou garçon. Le mariage accompli, les millions seraient fixés dans la famille, et Mlle Talisma Zambuco ne perdrait rien pour avoir attendu. Il va sans dire qu'elle était sous la dépendance de son frère, et qu'un mari, offert par lui, serait accepté les yeux fermés.

Mais le Malouin consentirait-il jamais à fermer les siens pour épouser cette antique Maltaise? Le banquier n'en doutait pas, car il se croyait maître d'imposer telles conditions qu'il lui plairait à son colégataire. D'ailleurs, les marins n'ont pas le droit d'être difficiles, — il le pensait du moins.

Ah! malheureux Pierre-Servan-Malo, dans quelle galère t'es-tu embarqué, et combien eût été préférable une promenade sur la Rance, même à bord de la *Charmante-Amélie*, la gabare de ton ami Trégomain, du temps qu'elle existait!

On sait maintenant à quoi s'en tenir sur le jeu que jouait le banquier. Rien de plus simple, à la fois, et rien de mieux combiné. Il ne livrerait sa latitude qu'en échange de la vie de maître Antifer, — entendons-nous, — de sa vie enchaînée par mariage indissoluble avec Mlle Talisma Zambuco.

Tout d'abord, avant de retirer de son coffre la lettre de Kamylk-Pacha, à l'instant où il introduisait la clef dans la serrure, il sembla se raviser et revint s'asseoir.

Les yeux de maitre Antifer lancèrent un éclair double, comme il s'en produit en de certaines occurences météorologiques, lorsque l'espace est saturé d'électricité.

« Qu'attendez-vous?... demanda-t-il.

— Je réfléchis à une chose, répondit le banquier.

— A laquelle, s'il vous plait?...

— Croyez-vous que, dans cette affaire, nos droits soient absolument égaux?

— Certes... ils le sont!

— Moi... je ne le pense pas.

— Et pourquoi?...

— Parce que c'est votre père qui a rendu service au pacha, et non vous, tandis que c'est moi... en personne... »

Maitre Antifer l'interrompit, et le coup de foudre, annoncé par le double éclair, éclata.

« Ah çà! monsieur Zambuco, est-ce que vous auriez la prétention de vous ficher d'un capitaine caboteur?... Est-ce que les droits de mon père ne sont pas les miens, puisque je suis son seul héritier?... Oui ou non, voulez-vous obéir aux volontés du testateur?...

— Je veux faire ce qui me conviendra! »
répondit sèchement et nettement le banquier.

Maître Antifer se retint à la table pour ne
pas bondir, après avoir chassé du pied son
escabeau.

« Vous savez que vous ne pouvez rien faire
sans moi! déclara le Maltais.

— Ni vous sans moi! » riposta le Malouin.

La discussion montait. L'un était écarlate
de fureur, l'autre plus pâle que d'habitude,
mais très sûr de lui.

« Voulez-vous me donner votre latitude?
s'écria maître Antifer, au comble de l'exaspération.

— Commencez par me donner votre longitude, répondit le banquier.

— Jamais!

— Soit!

— Voici mon document, hurla maître Antifer,
en tirant son portefeuille de sa poche.

— Gardez-le... je n'en ai que faire!

— Vous n'en avez que faire?... Oubliez-vous
qu'il s'agit de cent millions...

— De cent millions, en effet.

— Et qu'ils seront perdus, si nous n'arrivons
pas à connaître l'ilot où ils sont enfouis?...

« — Peuh!... » souffla le banquier.

Et il fit une moue si dédaigneuse, que son interlocuteur, qui ne se possédait plus, se mit en posture pour lui sauter à la gorge... un misérable qui refusait de prendre livraison de cent millions et sans profit pour personne!

Jamais, peut-être, le banquier Zambuco, qui, dans sa longue carrière d'usurier, avait étranglé tant de pauvres diables au moral, ne fut plus près de l'être au physique! Il le comprit, sans doute, car, se radoucissant, il dit :

« Il y aurait, je pense, un moyen de s'arranger. »

Maître Antifer referma ses mains et les fourra dans sa poche afin d'être moins tenté de s'en servir :

« Monsieur, reprit le banquier, je suis riche, j'ai des goûts très simples, et ce ne sont pas cinquante millions ni même cent qui changeraient rien à ma façon de vivre. Mais j'ai une passion, la passion d'accumuler sacs d'or sur sacs d'or, et, je l'avoue, le trésor de Kamylk-Pacha ferait bonne figure dans mes coffres. Eh bien, depuis que je connais l'existence de ce trésor, je n'ai eu d'autre pensée que d'arriver à sa possession tout entière.

— Voyez-vous cela, monsieur Zambuco!

— Attendez!

— Et la part qui me revient?...

— Votre part?... Ne pourrait-on pas, tout en vous l'attribuant, faire en sorte qu'elle restât dans ma famille?

— Alors elle ne serait plus dans la mienne...

— C'est à prendre ou à laisser.

— Allons, pas tant de cérémonies, monsieur le coureur de bordées, et expliquez-vous!

— J'ai une sœur, mademoiselle Talisma...

— Mes compliments!

— Elle habite Malte.

— Tant mieux pour elle, si le climat lui convient.

— Elle a quarante-sept ans, et c'est encore une belle personne pour son âge.

— Ça ne m'étonne pas, si elle vous ressemble!

— Eh bien... puisque vous êtes célibataire... voulez-vous épouser ma sœur?...

— Épouser votre sœur?... s'écria Pierre-Servan-Malo, dont la face congestionnée se porta au rouge vif.

— Oui... l'épouser, reprit le banquier de ce ton décidé qui n'admettait pas de réplique.

Grâce à cette union, vos cinquante millions d'un côté, mes cinquante millions de l'autre, demeureraient dans ma famille.

— Monsieur Zambuco, répondit maitre An-

tifer, qui roulait son caillou entre ses dents comme le ressac roule les galets sur une grève, monsieur Zambuco...

— Monsieur Antifer...

— C'est sérieux... votre proposition?...

— Tout ce qu'il y a de plus sérieux, et si vous refusez d'épouser ma sœur, je vous jure que tout sera fini entre nous, et vous pourrez vous rembarquer pour la France! »

Un sourd râlement se fit entendre. Maître Antifer étouffait. Il arracha sa cravate, il saisit son chapeau, il ouvrit la porte du cabinet, il s'élança à travers la cour, puis il descendit la rue, gesticulant et se démenant comme un fou.

Saouk, qui l'attendait, le suivit, très inquiet de le voir en un pareil ébranlement moral.

Parvenu à l'hôtel, le Malouin se précipita dans le vestibule. De là, apercevant son ami et son neveu assis au fond du petit salon contigu à la salle à manger :

« Ah! le misérable! leur cria-t-il. Savez-vous ce qu'il veut?...

— Te tuer?... demanda Gildas Trégomain.

— Pis que cela!... Il veut que j'épouse sa sœur! »

IV

Dans lequel le terrible combat entre l'Occident et l'Orient
se termine à l'avantage de ce dernier.

Très habitués depuis quelque temps à des
complications de mille sortes, on peut affirmer, toutefois, que ni le gabarier ni Juhel ne
s'attendaient à celle-là. Maitre Antifer, le célibataire endurci, ainsi mis au pied du mur, et
quel mur?... Le mur du mariage qu'il lui était
enjoint de franchir, sous peine de perdre sa
part de l'énorme succession!

Juhel pria son oncle de narrer plus explicite-
ment les choses. Celui-ci les conta au milieu de
bordées de jurons explosifs, qui éclataient
comme des projectiles, — lesquels, malheureusement, ne pouvaient atteindre le Zambuco,
abrité dans sa maison du quartier des Maltais.

Le voyez-vous, ce vieux garçon, arrivé à l'âge de quarante-six ans, marié à une demoiselle de quarante-sept, devenant une espèce d'oriental, quelque chose comme un Antifer-Pacha !

Gildas Trégomain et Juhel, absolument interloqués, se regardaient en silence ; mais la même pensée, sans doute, leur traversait le cerveau.

« Enfoncés, les millions ! se disait le gabarier.

— Et plus d'obstacle à mon mariage avec ma chère Énogate ! » se disait Juhel.

En effet, que maître Antifer en passât par les exigences de Zambuco, qu'il consentît à devenir le beau-frère du banquier, cela était de tout point inadmissible. Il n'aurait pu se soumettre à cette fantaisie, quand même il se fût agi d'un milliard !...

Cependant le Malouin allait et venait d'une extrémité à l'autre du salon. Puis, il s'arrêtait, s'asseyait, s'approchait de son neveu et de son ami comme pour les dévisager bien en face, et détournait aussitôt les yeux. Le vrai est qu'il faisait peine à voir, et si jamais Gildas Trégomain dut le croire à deux pas de perdre l'esprit, ce fut en ce moment. Aussi Juhel et lui se trouvèrent-ils tacitement d'accord de ne point le contrarier, quoi qu'il pût dire. Avec le temps cet esprit déséquilibré reviendrait à une saine entente de la situation.

Il reprit enfin la parole, hachant ses phrases d'onomatopées furibondes :

« Cent millions... perdus par l'entêtement de ce coquin !... Est-ce qu'il ne mériterait pas d'être guillotiné... pendu... fusillé... poignardé... empoisonné... empalé tout à la fois !... Il se refuse à me donner sa latitude si je n'épouse pas... Épouser cette guenon maltaise... dont ne voudrait pas un singe de la Sénégambie !... Me voyez-vous le mari de cette demoiselle Talisma ? »

Certes non ! ses amis ne le voyaient pas, et l'introduction d'une pareille belle-sœur et tante au sein de l'honorable famille des Antifer, ç'eût été une de ces invraisemblables éventualités que personne n'eût voulu admettre.

« Dis donc... gabarier ?...

— Mon ami ?

— Est-ce que quelqu'un a le droit de laisser cent millions cachés au fond d'un trou, quand il n'aurait qu'un pas à faire pour les en retirer ?

— Je ne suis pas préparé à répondre à cette question! répliqua évasivement le bon Trégo-main.

— Ah! tu n'es pas préparé!... s'écria maître Antifer, en jetant son chapeau dans un coin du salon. Eh bien!... es-tu préparé pour ré-pondre à celle-ci?...

— Laquelle?...

— Si un individu chargeait un bateau — disons une gabare... une *Charmante-Amélie*, si tu veux... »

Gildas Trégomain sentait bien que la *Char-mante-Amélie* allait passer un mauvais quart d'heure.

« ... S'il chargeait cette vieille carcasse de cent millions d'or, et s'il annonçait publique-ment qu'il va la saborder en pleine mer afin de noyer ses millions, est-ce que tu crois que le gouvernement le laisserait agir à sa guise?... Allons!... parle!

— Je ne le pense pas, mon ami.

— Et c'est pourtant ce que ce monstre de Zambuco a mis dans sa tête!... Il n'a qu'un mot à dire pour que ses millions et les miens soient retrouvés, et il s'obstine à se taire!

— Je ne connais pas de gueux plus abomi-

nable ! répliqua Gildas Trégomain, qui parvint
à se donner l'accent de la colère.

— Voyons... Juhel?...

— Mon oncle?...

— Si nous le dénoncions aux autorités?...

— Sans doute, c'est un dernier moyen...

— Oui... car les autorités peuvent faire ce
qui est interdit à un particulier,... Elles
peuvent lui appliquer la question... le tenailler
aux mamelles... lui rôtir les pattes à petit feu...
et il faudra bien qu'il s'exécute !

— L'idée n'est pas mauvaise, mon oncle.

— Excellente, Juhel, et, pour avoir raison
de cet horrible mercanti, j'aimerais mieux sa-
crifier ma part de trésor et l'abandonner à la
fortune publique...

— Ah! voilà qui serait beau, noble, généreux! s'écria le gabarier. Voilà qui serait digne
d'un Français... d'un Malouin... d'un véritable
Antifer... »

Sans doute, en émettant cette proposition,
l'oncle de Juhel était allé plus loin qu'il ne
voulait, car il lança un si terrible regard à
Gildas Trégomain que le digne homme arrêta
court son élan d'admiration.

« Cent millions !... cent millions !... répétait

4

maître Antifer. Je le tuerai... ce Zambuco de malheur...

— Mon oncle!...

— Mon ami! »

Et véritablement, en l'état d'exaspération où il se trouvait, on pouvait craindre que le Malouin ne risquât quelque mauvais coup... dont il n'eût pas été responsable, d'ailleurs, puisqu'il aurait agi dans un accès d'aliénation mentale.

Mais, lorsque Gildas Trégomain et Juhel tentèrent de le calmer, il les repoussa violemment, les accusant de pactiser avec ses ennemis, de soutenir le Zambuco, de ne pas vouloir l'aider à l'écraser comme un cafard de soute aux provisions.

« Laissez-moi... laissez-moi! » s'écria-t-il enfin.

Et, ramassant son chapeau, il fit claquer les portes, se précipita hors du salon.

Tous deux, s'imaginant que maître Antifer allait se rendre à la maison du banquier, résolurent de s'élancer sur ses traces afin de prévenir un malheur. Heureusement, ils se rassurèrent en le voyant prendre le grand escalier et remonter à sa chambre, où il s'enferma à double tour.

« C'est ce qu'il avait de mieux à faire! conclut le gabarier en hochant la tête.

— Oui... le pauvre oncle! » répondit Juhel.

Après une pareille scène, ils ne purent dîner que très sommairement, n'ayant plus appétit.

Le repas achevé, les deux amis quittèrent l'hôtel, afin d'aller respirer le bon air sur les bords du Bahira. En sortant, ils rencontrèrent Ben-Omar accompagné de Nazim. Y avait-il inconvénient à instruire le notaire de ce qui s'était passé?... Non, sans doute. Et, lorsque celui-ci eut connaissance des conditions qu'imposait le banquier à maître Antifer :

« Il faut qu'il épouse mademoiselle Zambuco! s'écria-t-il. Il n'a pas le droit de refuser... Non! il n'a pas ce droit! »

C'était aussi l'avis de Saouk, qui, lui, n'eût pas hésité à contracter un mariage quelconque, si ce mariage eût dû lui apporter une pareille dot.

Gildas Trégomain et Juhel leur tournèrent le dos et suivirent, tout pensifs, l'allée de la Marine.

Une belle soirée, rafraîchie par la brise de mer, invitait à la promenade la population

tunisienne. Le jeune capitaine et le gabarier
se dirigèrent en flânant vers le mur d'enceinte,
franchirent la porte, firent les cent pas au bord
du lac, et finalement vinrent s'asseoir à une
table du café Wina, où, tout en s'offrant un
flacon de Manouba, ils purent causer à l'aise de
la situation. Pour eux, rien de plus simple à
présent. Maître Antifer ne consentirait jamais
à se soumettre aux injonctions du banquier
Zambuco... Donc, nécessité de renoncer à découvrir l'îlot numéro deux... Donc, obligation
de quitter Tunis sur le prochain paquebot...
Donc, cette immense satisfaction de revenir
en France par le plus court.

C'était évidemment la seule solution possible. On n'en serait pas plus malheureux pour
rentrer à Saint-Malo sans rapporter le gros
sac de Kamylk-Pacha. Aussi, pourquoi Son
Excellence s'était-elle avisée de tant de manigances !

Vers neuf heures, Gildas Trégomain et Juhel
reprirent le chemin de l'hôtel. Ils regagnèrent
leur chambre, après s'être arrêtés un instant
devant celle de leur oncle et ami. Celui-ci ne
dormait pas. Il ne s'était même point couché.
Il marchait à pas précipités, il parlait d'une

voix haletante, et ces mots s'entre-choquaient dans sa bouche :

« Millions... millions... millions ! »

Le gabarier fit de la main ce geste qui indique qu'on a le cerveau en complet détraquement. Puis, tous deux, se souhaitant la bonne nuit, se séparèrent très inquiets.

Le lendemain, Gildas Trégomain et Juhel se levèrent au petit jour. Le devoir ne leur commandait-il pas d'aller retrouver maître Antifer, d'examiner une dernière fois la situation telle qu'elle résultait du refus de Zambuco, de prendre enfin une détermination sans retard? Et cette détermination, ne devait-elle pas aboutir au projet suivant : boucler ses malles et quitter Tunis? Or, d'après les informations obtenues par le jeune capitaine, le paquebot, qui avait fait escale à la Goulette, devait appareiller le soir même pour Marseille. Qu'est-ce que Juhel n'aurait pas donné pour que son oncle fût déjà à bord, enfermé dans sa cabine, et à quelque vingtaine de milles du littoral africain !

Le gabarier et lui suivirent le couloir qui menait à la chambre de maître Antifer.

Ils frappèrent à la porte.

4.

Pas de réponse.

Juhel frappa une seconde fois plus fort...

Même silence.

Est-ce que son oncle dormait de ce sommeil de marin qui résiste aux détonations des pièces de vingt-quatre?... Ou plutôt, dans un moment de désespoir, d'un accès de fièvre chaude, est-ce qu'il aurait...?

Descendre quatre à quatre l'escalier jusqu'à la loge du portier, Juhel l'eut fait en un instant, tandis que le gabarier, sentant ses jambes flageoler, se retenait à la rampe afin ne pas rouler jusqu'en bas.

« Maître Antifer?...

— Il est sorti de grand matin, répondit le portier à la demande que lui adressa le jeune capitaine.

— Et il n'a pas dit où il allait?...

— Il ne l'a pas dit.'

— Est-il donc retourné chez ce coquin de Zambuco? s'écria Juhel, qui entraîna vivement Gildas Trégomain sur la place de la Marine.

— Mais... s'il y est... c'est donc qu'il consent... murmura le gabarier en levant les bras au ciel.

— Ce n'est pas possible!... s'écria Juhel.

— Non! ce n'est pas possible!... Le vois-tu revenant à Saint-Malo, dans sa maison de la rue des Hautes-Salles, flanqué de Mlle Talisma Zambuco, et ramenant à notre petite Énogate une tante maltaise?...

— Une guenon... a dit mon oncle! »

Et, au dernier degré de l'inquiétude, ils allèrent s'installer devant une table du café qui fait face à l'*Hôtel de France*. De là, ils pourraient guetter le retour de maître Antifer.

On dit que la nuit porte conseil, mais on ne dit pas que ce conseil soit toujours le bon. Ce qui n'était que trop vrai, c'est que, dès le point du jour, notre Malouin avait repris le chemin du quartier maltais, et atteint la maison du banquier en quelques minutes, comme s'il avait eu une meute de chiens enragés à ses trousses...

Zambuco, d'habitude, se levait avec le soleil et se couchait à la même heure que lui. Le banquier et l'astre radieux accomplissaient de conserve leur course diurne. Le premier était donc sur son fauteuil, le bureau devant lui, le coffre derrière, lorsque maître Antifer fut introduit en sa présence.

« Bonjour, dit-il, en ajustant ses lunettes,

pour mieux encadrer dans leur lentille la face de son visiteur.

— Est-ce toujours votre dernier mot?... répondit immédiatement celui-ci pour entamer l'entretien.

— Mon dernier.

— Vous refusez de me livrer la lettre de Kamylk-Pacha, si je ne consens pas à épouser votre sœur?...

— Je refuse.

— Alors j'épouserai...

— Je le savais bien! Une femme qui vous apporte cinquante millions en dot!... Le fils de Rothschild aurait été trop heureux de devenir l'époux de Talisma...

— Soit... je serai trop heureux! répondit maître Antifer avec une grimace qu'il n'essaya point de dissimuler.

— Venez donc, beau-frère, » repartit Zambuco.

Et il se leva comme s'il allait prendre l'escalier et monter à l'étage supérieur de la maison.

— Est-ce qu'elle est ici?... » s'écria maître Antifer.

Et sa physionomie était bien celle du condamné au moment où on le réveille, et à qui

le gardien de la prison vient de dire : Allons...
du courage!... C'est pour aujourd'hui.

« Calmez votre impatience, mon bel amoureux! répliqua le banquier. Oubliez-vous donc
que Talisma est à Malte?...

— Où allons-nous alors?... répondit maître
Antifer en poussant un soupir de soulagement.

— Au télégraphe.

— Afin de lui annoncer la nouvelle?...

— Oui... et l'engager à nous rejoindre ici...

— Annoncez-lui la nouvelle, si vous le voulez, monsieur Zambuco, mais je vous préviens
que mon intention n'est pas d'attendre... ma
future... à Tunis.

— Et pourquoi?...

— Parce que vous et moi, nous n'avons pas
de temps à perdre! Est-ce que le plus pressé
n'est pas de se mettre à la recherche de l'îlot
dès que nous aurons connaissance de son gisement?...

— Eh! beau-frère, huit jours plus tôt, huit
jours plus tard, qu'importe!

— Il importe beaucoup, au contraire, et
vous devez avoir autant de hâte que moi d'entrer en possession de l'héritage de Kamylk-
Pacha! »

Oui... autant, à tout le moins, car ce banquier,
avare et rapace, bien qu'il essayât de cacher
son impatience sous une indifférence de commande, brûlait du désir d'encoffrer sa part des
millions. Aussi se décida-t-il à donner raison à
son interlocuteur.

« Soit, dit-il, je ne vous contrarierai point...
Je ne ferai venir ma sœur qu'à notre retour...
Mais il est convenable que je la prévienne du
bonheur qui l'attend.

— Oui... qui l'attend ! répondit Pierre-Servan-Malo, sans préciser autrement quel genre
de bonheur il réservait à celle qui guettait depuis tant d'années l'époux de ses rêves !

— Seulement, reprit Zambuco, il faut me
donner un engagement en règle.

— Écrivez-le, et je le signerai.

— Avec un dédit?...

— D'accord. De combien... le dédit?...

— Disons les cinquante millions que vous
aurez touchés pour votre part...

— C'est entendu... et finissons-en ! » répondit maître Antifer, résigné à devenir le mari de
Mlle Talisma Zambuco, puisqu'il ne pouvait
échapper à ce bonheur.

Le banquier prit une feuille de papier blanc,

et de sa grosse écriture, il libella en bonne et due forme l'engagement dont tous les termes furent minutieusement pesés. Il était stipulé que la part recueillie par maître Antifer en sa qualité de légataire de Kamylk-Pacha, reviendrait tout entière à Mlle Talisma Zambuco, en cas que son fiancé refuserait de la prendre en légitime mariage, quinze jours après la découverte du trésor.

Et, de son nom, orné d'un paraphe à fioritures rageuses, Pierre-Servan-Malo signa l'engagement que le banquier serra dans un tiroir secret de son coffre-fort.

En même temps, il en tirait un papier jauni... C'était la lettre de Kamylk-Pacha, arrivée vingt ans avant.

De son côté, maître Antifer, après avoir extrait un portefeuille de sa poche, y prit un papier, non moins jauni sous la patine des années... C'était le document trouvé sur l'îlot numéro un.

Les voyez-vous ces deux héritiers, se regardant comme des duellistes qui vont lier le fer, leurs bras se tendant peu à peu, leurs doigts tremblant au contact de ces papiers qu'ils semblent livrer à regret?... Quelle scène pour un observateur! Cent millions qu'un même geste allait réunir en une seule famille!

« Votre lettre?... dit maître Antifer.

— Votre document? » répondit le banquier.

L'échange fut fait. Il était temps. Le cœur de ces deux hommes battait avec une telle violence qu'il eût fini par éclater.

Le document, indiquant qu'il devait être remis par un certain Antifer de Saint-Malo à un certain Zambuco de Tunis, portait cette longitude : 7°23' à l'est du méridien de Paris.

La lettre, marquant que ledit Zambuco de Tunis recevrait un jour la visite dudit Antifer de Saint-Malo, portait cette latitude : 3°17' sud.

Il suffisait maintenant de croiser ces deux lignes sur une carte pour relever le gisement de l'îlot numéro deux.

« Vous avez sans doute un atlas? demanda le banquier.

— Un atlas et un neveu, répondit maître Antifer.

— Un neveu?...

— Oui... un jeune capitaine au long cours, qui se chargera de l'opération.

— Où est-il ce neveu?...

— A l'*Hôtel de France*.

L'ÉCHANGE FUT FAIT. (Page 70.)

— Allons-y, beau-frère ! dit le banquier, en se coiffant d'un vieux chapeau à larges bords.

— Allons ! » répondit maître Antifer.

Tous deux se dirigèrent vers la place de la Marine. Arrivé devant le bureau de poste, Zambuco voulut y entrer afin d'expédier une dépêche à Malte.

Maître Antifer ne fit aucune objection. C'était le moins que Mlle Talisma Zambuco fût prévenue que sa main avait été sollicitée par un « officier de la marine française », et accordée par son frère, dans des conditions de fortune et de famille des plus acceptables.

Le télégramme payé et enregistré, nos deux personnages revinrent sur la place. Gildas Trégomain et Juhel, les ayant aperçus, s'empressèrent de les rejoindre aussitôt.

A leur vue, le premier mouvement de maître Antifer fut de détourner la tête. Mais il se raidit contre cette faiblesse inopportune, et présentant son compagnon d'une voix impérieuse .

« Le banquier Zambuco », dit-il.

Le banquier jeta aux compagnons de son futur beau-frère un regard en-dessous qui n'avait rien de sympathique.

Puis, maître Antifer ajouta, à l'adresse de Zambuco :

» Mon neveu Juhel... Gildas Trégomain, mon ami. »

Alors, sur un signe, tous le suivirent à l'hôtel, évitèrent en passant Ben-Omar et Nazim qu'ils n'eurent pas même l'air de connaître, montèrent l'escalier, entrèrent dans la chambre du Malouin, dont la porte fut soigneusement refermée.

Maître Antifer alla retirer de sa valise l'atlas apporté de Saint-Malo. Il l'ouvrit à la mappemonde planisphérique, et se retournant vers Juhel :

« Sept degrés vingt-trois minutes de longitude est et trois degrés dix-sept minutes de latitude sud, » dit-il.

Juhel ne put retenir un geste de dépit. Une latitude sud?... Kamylk-Pacha les envoyait donc au delà de l'Équateur?... Ah! sa pauvre petite Énogate!... C'est à peine si Gildas Trégomain osait le regarder!

« Eh bien... qu'attends-tu?... » lui demanda son oncle d'un ton tel que le jeune capitaine n'eut plus qu'à obéir.

Il prit son compas, et suivant de la pointe

le septième méridien auquel il ajouta les vingt-
trois minutes, il descendit jusqu'au cercle
équatorial.

Parcourant alors le parallèle de $3°17'$, il le
traça jusqu'à son point d'intersection avec le
méridien.

« Eh bien?... réitéra maître Antifer, où
sommes-nous?

— Dans le golfe de Guinée.

— Et plus exactement?...

— A la hauteur de l'État du Loango.

— Et plus exactement encore?...

— Dans les parages de la baie Ma-Yumba...

— Demain matin, dit maître Antifer, nous
prendrons la diligence pour Bône, et à Bône,
nous prendrons le chemin de fer jusqu'à
Oran. »

Ceci fut envoyé de ce ton habituel aux capi-
taines de vaisseau qui commandent un branle-
bas, lorsque l'ennemi est en vue.

Puis, se retournant vers le banquier :

« Vous nous accompagnez, sans aucun
doute?...

— Sans aucun doute.

— Jusqu'au golfe de Guinée?...

— Jusqu'au bout du monde, s'il le faut !

— Bien... soyez prêt pour le départ...

— Je le serai, beau-frère. »

Gildas Trégomain laissa échapper un involontaire « aïe! » Devant cette qualification si nouvelle à ses oreilles, il était tellement abasourdi qu'il ne put répondre au salut ironique dont le banquier l'honora en se retirant.

Et enfin, lorsque les trois Malouins se trouvèrent seuls dans la chambre :

« Ainsi... tu as consenti?... dit Gildas Trégomain.

— Oui... gabarier!... Après? »

Après?... il n'y avait rien à objecter, et c'est pourquoi Gildas Trégomain et Juhel jugèrent à propos de se taire.

Deux heures plus tard, le banquier recevait un télégramme expédié de Malte.

Mlle Talisma Zambuco se disait la plus heureuse des filles en attendant d'être la plus heureuse des femmes!

V

Dans lequel Ben-Omar est
à même de comparer les
deux genres de locomo-
tion, par la voie de terre et
par la voie de mer.

A cette époque, le réseau tunisien, qui se
raccorde actuellement avec le réseau algérien, ne fonctionnait pas encore. Nos voyageurs
comptaient prendre à Bône le railway qui
desservait les provinces de Constantine, d'Alger et d'Oran.

Maître Antifer et ses compagnons avaient
abandonné, au petit jour, la capitale de la Régence. Il va sans dire que le banquier Zambuco
était des leurs, et que Ben-Omar, doublé de
Nazim, n'avait pas manqué de se joindre à
eux. Une véritable caravane de six personnes,
— lesquelles, cette fois, savaient où les entraînait cet irrésistible appétit de millions. Il

n'y avait eu aucune raison d'en faire mystère au notaire Ben-Omar, et, par conséquent, Saouk n'ignorait pas que l'expédition à la recherche de l'îlot numéro deux aurait pour théâtre ce large golfe de Guinée, qui renferme sous la hanche gauche de l'Afrique les parages du Loango.

« Une étape de belle longueur, avait dit Juhel à Ben-Omar, et libre à vous d'abandonner la partie, si vous redoutez les fatigues de ce nouveau voyage. »

Et, en effet, d'Alger au Loango, que de centaines de milles à franchir par mer !

Cependant Ben-Omar n'avait pas hésité à partir, il est vrai, Saouk ne lui eût pas permis une hésitation. Et puis ce magnifique tantième qui miroitait à ses yeux...

Donc, ce 24 avril, maître Antifer entraînant Gildas Trégomain et Juhel, Saouk entraînant Ben-Omar, Zambuco s'entraînant lui-même, occupaient les diverses places de la diligence qui fait le service entre Tunis et Bône. Peut-être n'échangerait-on pas un seul mot, mais du moins on voyagerait ensemble.

N'oublions pas que, la veille, Juhel avait adressé une nouvelle lettre à Énogate. Dans quelques jours, la jeune fille et sa mère sauraient vers quel point du globe maître Antifer courait à la recherche de son fameux legs, maintenant entamé de cinquante pour cent. Ce n'était pas trop d'estimer à un mois environ la durée de cette seconde partie du voyage, et les fiancés ne devaient guère espérer de se revoir avant la mi-mai. Quel désespoir éprouverait Énogate en recevant cette lettre! Et encore, si, au retour de Juhel, elle eût pu croire que toutes les difficultés seraient aplanies, que leur mariage s'accomplirait sans autres retards!... Hélas! sur quoi compter avec un pareil oncle!

En ce qui concerne Gildas Trégomain, bornons-nous à faire observer que la destinée lui réservait de franchir l'Équateur. Lui, le gabarier de la Rance, naviguant à la surface de l'hémisphère méridional! Que voulez-vous? la vie comporte de ces choses tellement invraisemblables que l'excellent homme entendait ne plus s'étonner de rien, — pas même si l'on trouvait au gisement indiqué, et dans les entrailles de l'îlot numéro deux, les trois fameux barils de Kamylk-Pacha!

Cette préoccupation, d'ailleurs, ne l'empê-

cha point de jeter un regard curieux sur ce
pays que traversait la diligence, — lequel ne
ressemblait guère aux plaines bretonnes,
même à celles qui sont accidentées. Mais
peut-être fut-il le seul de ces six voyageurs
qui songeât à garder le souvenir des divers
points de vue de cette campagne tunisienne.

Le véhicule, peu confortable, ne roulait pas
vite. D'un relais à l'autre, ses trois chevaux se
fatiguaient à trotter sur une route d'un profil
capricieux, avec côtes d'une raideur alpestre,
lacets brusques, — surtout dans cette vallée
fantaisiste de la Medjerdah, — ruisseaux tor-
rentueux, sans ponts, et dont l'eau atteignait
le heurtequin des roues.

Le temps était beau, le ciel d'un bleu cru ou
plutôt d'un bleu cuit, tant il s'échappait d'in-
tense chaleur du foyer solaire.

Le Bardo, le palais du bey, qu'on entrevit
sur la gauche, éclatait de blancheur, et il eût
été prudent de ne le regarder qu'à travers des
lunettes fumées. De même d'autres palais,
encorbeillés d'épais ficus et de poivriers semblables à des saules pleureurs, dont les branches retombaient jusqu'à terre. Çà et là, se
groupaient des gourbis, drapés de toiles zé-

brées de rayures jaunes, sous lesquels appa-
raissaient des têtes de femmes arabes à la
physionomie sérieuse, des frimousses hâlées
d'enfants, non moins graves que leurs mères.
Au loin dans les champs, sur les talus, entre les
anfractuosités rocheuses, paissaient des troupeaux de moutons, cabriolaient des bandes
de chèvres, noires comme des corbeaux.

Des oiseaux s'envolaient parfois au passage
de la diligence, alors que le claquement du
fouet cinglait l'air. Entre ces oiseaux, les per-
ruches, très nombreuses, se distinguaient par
leurs vives couleurs. Il y en avait par milliers,
et si la nature leur avait appris à chanter,
l'homme ne leur avait pas encore appris à parler. Donc, on voyageait au milieu d'un concert,
non d'un babillage.

Les relais furent fréquents. Gildas Trégomain et Juhel ne manquaient pas d'y descendre pour se dégourdir les jambes. Le banquier Zambuco les imitait quelquefois, mais ne
causait guère avec ses compagnons de route.

« Voilà un bonhomme, remarqua le gabarier, qui me paraît aussi avide des millions du
pacha que notre ami Antifer !

— En effet, monsieur Trégomain, et ces

deux colégataires sont dignes l'un de l'autre! »

Saouk, lorsqu'il mettait pied à terre, essayait toujours de surprendre quelque mot des conversations qu'il était censé ne pas comprendre. Quant à Ben-Omar il restait immobile en son coin, tout à cette idée qu'il serait bientôt obligé de naviguer, et, qu'après les courtes lames de la Méditerranée, il lui faudrait braver les longues houles de l'océan Atlantique!

Pierre-Servan-Malo ne démarrait pas de sa place, sa pensée se concentrant sur cet îlot numéro deux, ce roc perdu au milieu des brûlantes eaux africaines!

Ce jour-là, avant le coucher du soleil, apparut un ensemble de mosquées, de marabouts, de dômes blancs, de minarets aigus : c'était la bourgade de Tabourka, cerclée d'un cadre de verdure, et qui conserve intact son aspect de ville tunisienne.

La diligence y vint faire halte pendant quelques heures. Les voyageurs trouvèrent au relais un hôtel ou plutôt une auberge, où leur fut servi un repas à peu près convenable. Quant à visiter la ville, inutile d'y songer. Des six, il n'y aurait eu que le gabarier, et peut-être Juhel à sa sollicitation, qui auraient pu

avoir de ces idées-là. Du reste, maître Antifer
leur intima, une fois pour toutes, l'ordre de
ne point s'éloigner, par crainte de provoquer
des retards, — et ils se le tinrent pour dit.

A neuf heures du soir, reprise du voyage
par une belle nuit scintillante. Ce n'est pourtant pas sans danger que les voitures se hasar-
dent à travers ces campagnes désertes entre
le coucher et le lever du soleil, — 'dangers
provenant du mauvais état des routes, dangers
de rencontre possible avec des malfaiteurs de
grand chemin, Kroumirs ou autres, dangers
d'être attaqués par des fauves, ce qui arrive
quelquefois. Et, très distinctement, au milieu
de cette ombre tranquille, à la lisière des bois
épais que longeait la diligence, on entendit des
rugissements de lions, des rauquements de
panthères. Les chevaux s'ébrouaient alors, et
il fallait toute l'adresse du conducteur pour les
maîtriser. Quant au miaulement des hyènes,
ces chats prétentieux, on ne s'en inquiétait
même pas.

Enfin le zénith blanchit dès quatre heures
du matin, et la campagne s'éclaira d'assez de
lumière diffuse pour qu'on pût en ressaisir peu
à peu les détails.

Toujours, un horizon très restreint, des collines grisâtres, largement ondulées, jetées sur
le sol comme un manteau arabe. La vallée de
la Medjerdah sinuait à leur pied, avec sa rivière au courant jaune, tantôt calme, tantôt
torrentueuse, entre les lauriers-roses et les
eucalyptus en fleurs.

La contrée est d'un dessin plus tourmenté
en cette portion de la Régence qui confine à
la Kroumirie. Si le gabarier eût quelque peu
voyagé dans le Tyrol, n'était l'altitude plus
modeste des montagnes, il aurait pu se croire
au milieu des plus sauvages sites d'un territoire alpestre. Mais il n'était pas au Tyrol,
il n'était plus en Europe, il s'en éloignait
chaque jour davantage. Et alors, les coins de
sa bouche se relevaient, — ce qui rendait sa
physionomie plus pensive, — et ses gros sour-
cils s'abaissaient, signe d'inquiétude.

Parfois, le jeune capitaine et lui se regardaient longuement, et ces regards, c'était
toute une conversation, qui s'échangeait entre
eux à la muette.

Ce matin-là, maître Antifer demanda à son
neveu :

« Où arriverons-nous avant la nuit ?...

— Au relais de Gardimaou, mon oncle.

— Et quand serons-nous à Bône ?...

— Demain soir. »

Le sombre Malouin retomba dans son silence habituel, ou plutôt sa pensée s'égara à travers ce rêve ininterrompu, qui le promenait des parages du golfe d'Oman aux parages du golfe de Guinée. Puis, elle se fixait sur l'unique point du sphéroïde terrestre qui pût l'intéresser. Et alors, il se disait que d'autres yeux que les siens s'attachaient à ce point, — ceux du banquier Zambuco. En vérité, ces deux êtres de race si différente, d'habitudes si opposées, qui n'auraient jamais dû se rencontrer en ce monde, il semblait qu'ils n'eussent plus qu'une même âme, qu'ils fussent rivés l'un à l'autre comme deux forçats à la même chaîne, avec cette particularité que leur chaîne était d'or.

Cependant les forêts de ficus devenaient de plus en plus épaisses. Çà et là, moins rapprochés, des villages arabes émergeaient de cette verdure glauque dont les ricins teignent leurs fleurs et leurs feuilles. Parfois se développait une de ces surfaces non horizontales qu'on appelle « drèches » lorsqu'elles occupent

les flancs d'une montagne. Ici se dressaient
les gourbis, là paissaient les troupeaux, au
bord d'un torrent dans le lit duquel se préci-
pitaient les eaux riveraines. Puis surgissait
une maison de relais, — le plus souvent
quelque misérable écurie, où logeaient en
complète promiscuité les gens et les bêtes.

Le soir, on vint relayer à Gardimaou, ou
plutôt à la cabane de bois qui, entourée de
quelques autres, devait former, vingt ans plus
tard, l'une des stations du chemin de fer de
Bône à Tunis. Après une halte de deux heures,
— trop longues à coup sûr pour le dîner rudimentaire que fournit l'auberge, — la diligence
se remit en route en suivant les méandres de
la vallée, tantôt côtoyant la Medjerdah, tantôt
traversant des rios dont l'eau inondait la caisse
où reposaient les pieds des voyageurs, gra-
vissant des côtes si raides que l'attelage semblait n'y pouvoir suffire, dévalant les pentes
avec une rapidité que les freins ne modéraient
pas sans peine.

Le pays était magnifique, surtout aux environs de Moughtars. Toutefois, personne n'en
put rien voir par cette nuit très obscure, em-
brouillée de basses brumes. Il y avait lieu,

d'ailleurs, d'être irrésistiblement subjugué par le besoin de sommeil, après quarante-trois heures d'un voyage si cahoté.

Le jour commençait à poindre, lorsque maître Antifer et ses compagnons arrivèrent à Soukharas, au bout d'un interminable lacet, jeté sur le flanc de la colline, qui relie la bourgade au thalweg de la vallée.

Un confortable hôtel, — l'*Hôtel Thagaste*, — tout près de la place de ce nom, offrit bon accueil aux voyageurs éreintés. Cette fois, les trois heures qu'ils y passèrent ne leur parurent pas trop longues, et certainement, elles leur auraient paru trop courtes s'ils avaient voulu visiter cette pittoresque Soukharas. Inutile d'ajouter que maître Antifer et le banquier Zambuco pestèrent contre le temps perdu à ce relais. Mais la voiture ne pouvait pas en repartir avant six heures.

« Calme-toi, répétait Gildas Trégomain à son irritable compatriote. Nous serons à Bône à temps pour prendre le train demain matin...

— Et pourquoi, avec un peu plus de hâte, n'aurions-nous pas pris celui de ce soir ? riposta maître Antifer.

— Il n'y en a pas, mon oncle, observa Juhel

— Qu'est-ce que cela fait !... Est-ce une raison pour rester en panne dans ce trou ?...

— Tiens, mon ami, dit le gabarier, voici un caillou que j'ai ramassé à ton intention... Le tien doit être usé depuis que tu le mâchonnes ! »

Et Gildas Trégomain remit à maître Antifer un joli gravier de la Medjerdah, gros comme un pois vert, et qui ne tarda pas à grincer entre les dents du Malouin.

Le gabarier lui proposa alors de les accompagner, seulement jusqu'à la grande place. Il refusa net, et, tirant de sa valise l'atlas, il l'ouvrit à la carte d'Afrique, et se plongea dans les eaux du golfe de Guinée, au risque d'y noyer sa raison.

Gildas Trégomain et Juhel allèrent faire les cent pas sur la place Thagaste, — vaste quadrilatère, planté de quelques arbres, bordé d'habitations d'aspect très oriental, de cafés déjà ouverts malgré l'heure matinale, et où affluaient les indigènes. Sous les premiers rayons du soleil, les brumes s'étaient dissipées. Une belle journée, chaude et lumineuse, s'annonçait.

En se promenant, le gabarier était tout yeux et tout oreilles. Il essayait d'entendre les propos qui se tenaient çà et là, bien qu'il n'y dût rien comprendre ; il cherchait à voir ce qui se passait à l'intérieur de ces cafés, au fond de ces boutiques, quoiqu'il ne dût rien acheter dans les unes ni consommer dans les autres. Puisque la fantasque fortune l'avait lancé en cet invraisemblable voyage, c'était le moins qu'il rapportât quelques impressions durables.

Et il s'abandonnait à dire :

« Non, Juhel, il n'est pas permis de cheminer comme nous le faisons !... On ne s'arrête nulle part !... Trois heures à Soukharas... une nuit à Bône... puis deux jours de chemin de fer avec de courtes haltes aux stations !... Qu'est-ce que j'aurai vu de la Tunisie... et que verrai-je de l'Algérie ?...

— J'en conviens, monsieur Trégomain... Quoique tout cela n'aie pas le sens commun. interpellez là-dessus mon oncle, et vous verrez comme il vous recevra !... Il ne s'agit pas d'un voyage d'agrément, mais d'un voyage d'affaires !... Et qui sait à quoi il doit aboutir ?...

— A une mystification, j'en ai bien peur ! répondit le gabarier.

— Oui, reprit Juhel, et pourquoi l'îlot numéro deux ne contiendrait-il pas un nouveau document qui nous renverrait à un îlot numéro trois!...

— Et à un îlot numéro quatre et à un îlot numéro cinq, et à tous les îlots des cinq parties du monde! répliqua Gildas Trégomain en remuant de bas en haut sa bonne grosse tête.

— Et vous seriez capable d'y suivre mon oncle, monsieur Trégomain...

— Moi?...

— Vous... oui... vous qui ne savez rien lui refuser!

— C'est vrai... Le pauvre homme me fait tant de peine, et je crains tellement pour sa caboche...

— Eh bien... moi, monsieur Trégomain, je suis bien décidé à m'en tenir à l'îlot numéro deux!... Est-ce qu'Énogate a besoin d'épouser un prince et moi une princesse?...

— Non certes! D'ailleurs, maintenant qu'il faut partager le trésor avec ce crocodile de Zambuco, il n'est plus question que d'un duc pour elle et d'une duchesse pour toi...

— Ne riez pas, monsieur Trégomain!

— J'ai tort, mon garçon, car tout cela n'est

pas pour rendre gai, et s'il y a lieu de prolonger les recherches...

— Prolonger?... s'écria Juhel. Non !... Nous allons au golfe de Loango, soit ! Au delà... jamais !... Je saurai bien forcer mon oncle à revenir à Saint-Malo !

— Et s'il refuse, l'entêté ?...

— S'il refuse ?... Je le laisserai courir tout seul... Je retournerai près d'Énogate... et comme elle sera majeure dans quelques mois, je l'épouserai, malgré vent et marée...

— Voyons, ne te monte pas la tête, mon cher enfant, et prends patience !... Tout s'arrangera, je l'espère !... Cela finira par ton mariage avec ma petite Énogate... et je danserai à votre noce le rigodon nuptial !... Mais ne manquons pas la voiture et rentrons à l'hôtel... Si ce n'est être trop exigeant, je voudrais arriver à Bône avant qu'il fît nuit, de manière à voir un morceau de cette ville, car, des autres situées sur le parcours du chemin de fer, Constantine, Philippeville, qu'est-ce qu'on apercevra au passage ?... Enfin, si ce n'est pas possible, je me rattraperai avec Algerre... »

Gildas Trégomain disait : « Algerre... », on n'a jamais su pourquoi.

« Oui... Algerre... où nous demeurerons, quelques jours, je suppose...

— En effet, répondit Juhel, il ne se trouvera pas un bateau prêt à partir immédiatement pour la côte occidentale d'Afrique, et il sera nécessaire d'attendre.

— Nous attendrons... nous attendrons! répliqua le gabarier, qui souriait à la pensée de visiter les merveilles de la capitale algérienne. Tu connais Algerre, Juhel?...

— Oui, monsieur Trégomain.

— J'ai entendu dire à des marins que c'était très beau, la ville en amphithéâtre, ses quais, ses places, son arsenal, son Jardin d'Essai, son Moustapha supérieur... sa Casbah... sa Casbah surtout...

— Très beau, monsieur Trégomain, répondit Juhel. Pourtant, je connais quelque chose de plus beau encore... c'est Saint-Malo...

— Et la maison de la rue des Hautes-Salles... et la jolie chambrette du premier étage... et la charmante fille qui l'habite! Je suis certes de ton avis, mon garçon! Enfin, puisque nous devons passer par Algerre, laisse-moi espérer que je pourrai visiter Algerre!... »

Tout en s'abandonnant à cet espoir, le gabarier, suivi de son jeune ami, se dirigeait
vers l'*Hôtel Thagaste*. Il était temps. On atte-
lait. Maître Antifer allait et venait, maugréant
contre les retardataires, bien qu'ils ne fussent
pas en retard.

Gildas Trégomain s'empressa de baisser la
tête sous le regard fulgurant que lui lança son
ami. Quelques instants plus tard, chacun avait
repris sa place, et la diligence descendait les
rudes pentes de Soukharas.

Il était vraiment regrettable qu'il ne fût pas
permis au gabarier d'explorer ce pays tunisien. Rien de plus pittoresque, — des collines
qui sont presque des montagnes, des ravins
boisés qui devaient obliger le futur railway à
des détours sans nombre. Puis, à travers
l'opulente verdure, de larges roches trouant
le sol; çà et là, des douars, grouillants d'une
population indigène, et dont, la nuit venue, on
aurait distingué les grands feux, destinés à les
défendre contre l'approche des bêtes féroces.

Gildas Trégomain racontait volontiers ce que
le conducteur lui avait appris, — car il causait avec ce brave homme toutes les fois qu'il
en trouvait l'occasion.

En une année, on ne tuait pas moins d'une quarantaine de lions au milieu de ces taillis, et, quant aux panthères, cela montait à plusieurs centaines, sans parler des bandes hurlantes de chacals. Comme on le pense, Saouk, qui était censé ne pas comprendre, restait indifférent à ces terribles récits, et maître Antifer n'avait guère souci des panthères et des lions tunisiens. Y en eût-il par millions sur l'îlot numéro deux, il ne reculerait pas d'une semelle...

Mais, le banquier d'un côté, le notaire de l'autre, prêtaient l'oreille aux histoires de Gildas Trégomain. Si Zambuco fronçait parfois le sourcil en jetant des regards obliques à travers la portière, Ben-Omar, détournant les siens, se pelotonnait en son coin, tressaillant et pâlissant, lorsque quelque rauque hurlement retentissait sous les épais fourrés de la route.

« Eh, ma foi, dit le gabarier ce jour-là, je tiens du conducteur que la diligence a été dernièrement attaquée... Il a fallu faire le coup de feu contre ces fauves... Et même, la nuit précédente, on avait dû brûler la voiture, afin d'éloigner une troupe de panthères par l'éclat des flammes...

— Et les voyageurs?... demanda Ben-Omar?

— Les voyageurs furent forcés d'aller à pied jusqu'au relais, répondit Gildas Trégomain.

— A pied!... s'écria le notaire d'une voix tremblotante. Moi... je ne pourrais jamais...

— Eh bien... vous resteriez en arrière, monsieur Omar, et nous ne vous attendrions pas, soyez-en sûr! »

On le devine, cette réponse, peu charitable et peu rassurante, venait de maître Antifer. Il n'intervint pas autrement dans la conversation, et Ben-Omar eut à reconnaitre que, décidément, soit sur terre, soit sur mer, il n'était pas fait pour les voyages.

Cependant la journée s'écoula sans que les fauves eussent autrement signalé leur présence que par de lointains hurlements. Mais, à son grand ennui, Gildas Trégomain dut se dire que la nuit serait déjà complète, lorsque la diligence atteindrait Bône.

En effet, il était sept heures du soir, quand elle passa, trois ou quatre kilomètres avant la ville, près d'Hippone, — une localité célèbre, grâce au nom impérissable de saint Augustin, et curieuse par ses profondes citernes, où les vieilles Arabes se livrent à leurs incan-

6

tations et leurs sortilèges. Quelque vingt ans plus tard, on aurait vu apparaître les fondations de cette basilique et de cet hôpital que la main puissante du cardinal de Lavigerie devait faire jaillir des entrailles du sol.

Bref, une profonde obscurité enveloppait Bône, sa promenade littorale le long des remparts, son port oblong que termine une pointe sablonneuse à l'ouest, les massifs de verdure qui ombragent le quai du fond, la partie moderne de la ville avec sa large place, où s'élève maintenant la statue de M. Thiers en redingote de bronze, et enfin, sa Casbah, qui aurait pu donner au gabarier un avant-goût de la Casbah d'Algerre.

Avouons-le, la malchance poursuivait l'excellent homme, et il ne se consola qu'en songeant à prendre sa revanche dans la capitale de « l'Autre France ».

On fit choix d'un hôtel situé sur la place, puis on soupa, puis on se coucha dès dix heures, afin d'être prêts pour le train du lendemain matin. Et, cette nuit, paraît-il, éreintés par soixante heures de voiture, tous dormirent d'un profond sommeil, — même le terrible Antifer !

V I

Dans lequel sont narrés les événements qui marquèrent le voyage en paquebot de Bône à Alger, et d'Alger à Dakar.

Maître Antifer avait cru trouver un chemin de fer fonctionnant entre Bône et Alger : il était arrivé vingt ans trop tôt. Aussi, le lendemain, fut-il interloqué par la réponse qu'il reçut de l'hôtelier à ce sujet.

« Comment... Il n'y a pas de chemin de fer de Bône à Alger, s'écria-t-il en bondissant.

— Non, monsieur, mais il y en aura un dans quelques années... et si vous voulez attendre !... » dit le facétieux hôtelier.

Sans doute, Ben-Omar n'eût pas mieux demandé, puisqu'il faudrait probablement reprendre la mer pour éviter des retards. Mais Pierre-Servan-Malo ne l'entendait pas ainsi.

« Y a-t-il un bateau en partance ? demanda-t-il d'une voix impérieuse.

— Oui... ce matin.

— Embarquons ! »

Et voilà comment, à six heures, maître Antifer quitta Bône sur un paquebot avec les cinq
personnages dont son choix — pour deux d'entre
eux, Gildas Trégomain et Juhel, — la nécessité
pour les trois autres, Zambuco, Ben-Omar et
Nazim, avaient fait ses compagnons de voyage.

Il n'y a pas lieu de s'appesantir sur les incidents de cette traversée de quelques centaines
de kilomètres.

Certes, Gildas Trégomain eut de beaucoup
préféré à cette navigation un trajet en wagon,
ce qui lui eût permis de voir à travers les vitres ces territoires que le curieux chemin de
fer allait desservir quelques années plus tard.
Mais il comptait bien se dédommager à Alger. Si maître Antifer s'imaginait que l'on
trouverait, dès l'arrivée, un bâtiment en partance pour la côte occidentale de l'Afrique, il
se trompait, et c'est alors qu'il aurait l'occasion d'exercer sa patience ! Pendant ce temps,
que de délicieuses promenades aux environs,
peut-être même jusqu'à Blidah, au ruisseau

des Singes?... Que le gabarier ne dût rien gagner à la découverte du trésor, soit! Du moins
rapporterait-il une riche collection de souvenirs de son passage à la capitale algérienne.

Il était huit heures du soir, lorsque le paquebot, dont la marche était très rapide, vint
mouiller dans le port d'Alger.

La nuit était encore sombre sous cette latitude, même dans la dernière semaine de mars,
quoiqu'elle fût toute scintillante d'étoiles. La
masse confuse de la ville s'estompait en noir
vers le nord, arrondie par la bosse de la Casbah,
cette Casbah tant désirée! Tout ce que put observer Gildas Trégomain en sortant de la gare,
c'est qu'il fallait gravir des escaliers aboutis-
sant à un quai supporté par des arcades monu-
mentales, que l'on suivit ce quai, en laissant à
gauche un square brillant de lumières, où il ne
lui aurait pas déplu de s'arrêter, puis un ensemble de hautes maisons comprenant l'*Hôtel de l'Europe*, dans lequel maître Antifer et
son groupe furent hospitalièrement accueillis.

Des chambres ayant été mises à leur disposition, — celle de Gildas Trégomain contiguë
à celle de Juhel, — les voyageurs y déposèrent
leurs bagages, et redescendirent à la salle pour

6.

dîner. Cela les conduisit jusqu'à neuf heures, et, ma foi, puisque le temps ne manquerait pas en attendant le départ du paquebot, ce qu'il y avait de plus convenable, c'était de se coucher, de reposer ses membres dans un sommeil réparateur, afin d'être frais et dispos le lendemain pour commencer la série des promenades à travers la ville.

Toutefois, avant de prendre un repos que justifiaient les fatigues d'un si long et si fatigant voyage, Juhel voulut écrire à sa fiancée. Il le fit donc dès qu'il eut regagné sa chambre. La lettre partirait le lendemain, et, dans trois jours, on aurait là-bas de leurs nouvelles.

D'ailleurs, cette lettre ne dirait rien de très intéressant à Énogate, si ce n'est que Juhel enrageait sur place, et qu'il l'aimait de tout son cœur, — ce qui n'était pas très nouveau non plus.

A propos, il convient de remarquer que, si Ben-Omar et Saouk réintégrèrent leur chambre, tandis que Gildas Trégomain et Juhel réintégraient la leur, maître Antifer et Zambuco, les deux beaux-frères, — n'est-il pas permis de leur appliquer cette qualification familiale, scellée par un traité en règle? — disparurent après le dîner, sans dire pour quelle raison ils quittaient l'hôtel. Cela ne laissa pas d'étonner le gabarier et le jeune capitaine, peut-être même d'inquiéter Saouk et Ben-Omar. Mais très probablement le Malouin n'aurait pas répondu si on l'eût interrogé à ce sujet.

Où allaient-ils ainsi, ces deux héritiers? L'envie les prenait-elle de courir les pittoresques quartiers d'Alger? Était-ce par curiosité de voyageurs qu'ils voulaient déambuler le long des rues Bab-Azoum et autres, sur les quais, encore animés par le va-et-vient des promeneurs? Hypothèse invraisemblable, et que leurs compagnons n'auraient pu admettre.

« Alors... quoi?... » dit Gildas Trégomain.

Ce que le jeune capitaine et les autres avaient d'ailleurs noté pendant le trajet, c'est que maître Antifer s'était à plusieurs reprises départi de son mutisme pour s'entretenir à voix basse avec le banquier. Et, très certainement, Zambuco avait paru approuver ce que lui communiquait son interlocuteur.

De quoi étaient-ils donc convenus tous les deux?... Cette sortie tardive ne décelaitelle pas un plan combiné d'avance ?... Quel plan?... Ne pouvait-on s'attendre aux plus étranges combinaisons avec deux compères de ce tempérament?...

Cependant, après avoir serré la main de Juhel, le gabarier était rentré dans sa chambre. Là, avant de se déshabiller, il ouvrit largement sa fenêtre, désireux de respirer un peu de ce bon air algérien. A la pâle clarté des étoiles, il entrevit un vaste espace, toute la rade jusqu'au cap Matifou, et sur laquelle brillaient des fanaux de navires, les uns mouillés, les autres atterrissant avec la brise du soir. Puis le littoral s'illuminait des feux de la pêche aux flambeaux. Plus près, dans le port, chauffaient de sombres paquebots en partance dont les larges cheminées s'empanachaient d'étincelles.

Au delà du cap Matifou, se développait la pleine mer, limitée par un horizon sur lequel de splendides constellations montaient comme un bouquet d'artifices.

La journée prochaine serait magnifique, si l'on s'en rapportait aux promesses de la nuit. Le soleil se lèverait radieusement, éteignant les dernières étoiles du matin.

« Quel plaisir, pensait Gildas Trégomain, de visiter cette noble ville d'Algerre, de s'y donner quelques jours de répit, après ce diabolique itinéraire depuis Mascate, et avant d'être bourlingué de nouveau jusqu'à l'ile numéro deux!... J'ai entendu parler du restaurant Moïse, à la pointe Pescade! Pourquoi n'irions-nous pas demain faire un bon dîner chez ce Moïse?... »

En ce moment, un heurt violent retentit à la porte de la chambre, comme dix heures venaient de sonner.

« Est-ce toi, Juhel?... demanda Gildas Trégomain.

— Non... c'est moi, Antifer.

— Je vais t'ouvrir, mon ami.

— Inutile... Habille-toi, et boucle ta valise.

— Ma valise?...

— Nous partons dans quarante minutes!

— Dans quarante minutes?...

— Et ne te mets pas en retard... car les paquebots n'ont pas l'habitude d'attendre! Je vais prévenir Juhel. »

Abasourdi du coup, le gabarier se demandait s'il ne rêvait pas... Non! Il entendit l'appel frappé à la porte de Juhel, et la voix de son oncle qui lui ordonnait de se lever. Puis, les marches gémirent sous les pas qui redescendaient l'escalier.

Juhel, qui était en train d'écrire, ajouta une ligne à sa lettre, prévenant Énogate que tous allaient quitter Alger le soir même. Voilà donc pourquoi Zambuco et maître Antifer étaient sortis... c'était afin de s'informer si quelque navire se préparait à partir pour la côte d'Afrique. Oui, par une bonne fortune inespérée ils avaient trouvé ledit paquebot faisant ses préparatifs d'appareillage, ils s'étaient empressés de retenir des places à bord, et alors, maître Antifer, sans se préoccuper en aucune façon des convenances d'autrui, était monté prévenir Gildas Trégomain et Juhel, tandis que le banquier avertissait Ben-Omar et Nazim.

Le gabarier se sentit tomber à un inexprimable désappointement, tout en préparant sa valise. Mais il n'y avait pas à discuter. Le chef avait parlé ; il fallait obéir.

Presque aussitôt, Juhel rejoignit Gildas Trégomain dans sa chambre, et lui dit :

« Vous ne vous attendiez pas ?...

— Non, mon garçon, répondit le gabarier,

bien que je doive m'attendre à tout de la part
de ton oncle! Et moi, qui me promettais au
moins quarante-huit heures de promenade à
Algerre... Et le port... et le Jardin d'Essai...
et la Casbah!

— Que voulez-vous, monsieur Trégomain,
c'est une véritable mauvaise chance que mon
oncle aît rencontré un bâtiment prêt à prendre
la mer!

— Oui... et je me révolterai à la fin! s'é-
cria le gabarier, qui se laissa aller à un mouvement de colère contre son ami.

— Hélas! non, monsieur Trégomain, vous ne
vous révolterez pas... ou, si vous vous y ris-
quiez, il suffirait que mon oncle vous regardât
d'une certaine façon, en roulant son caillou
entre ses dents...

— Tu as raison, Juhel, répondit Gildas Trégomain, qui baissa la tête... j'obéirais... tu
me connais bien!... C'est tout de même dommage... Et ce fin dîner que je comptais nous
offrir chez Moïse, à la pointe Pescade!... »

Vains regrets! Le pauvre homme, en exha-
lant un gros soupir, acheva ses préparatifs.
Dix minutes après, Juhel et lui avaient trouvé
maître Antifer, le banquier Zambuco, Ben-

Omar et Nazim, dans le vestibule de l'hôtel.

Si on leur avait fait bon accueil à leur arrivée, on leur fit grise mine au départ. Le prix des chambres fut réglé cependant comme si elles avaient été occupées vingt-quatre heures. Juhel jeta sa lettre dans la boîte mise à la disposition des voyageurs. Puis, tous, suivant les quais, descendirent l'escalier qui aboutit au port, tandis que Gildas Trégomain entrevoyait pour la dernière fois, encore illuminée, la place du Gouvernement.

A une demi-encablure était mouillé un steamer, dont on entendait rugir la chaudière sous la pression de sa vapeur. Une fumée noire souillait le ciel étoilé. De violents coups de sifflet annonçaient que le paquebot ne tarderait pas à larguer ses amarres.

Une embarcation, se balançant aux marches du quai, attendait les passagers pour les mener à bord. Maître Antifer et ses compagnons s'y installèrent. En quelques coups d'aviron, ils eurent accosté. Avant même que Gildas Trégomain eût pu s'y reconnaître, il était conduit à la cabine qu'il devait partager avec Juhel. Maître Antifer et Zambuco en occupaient une seconde, le notaire et Saouk une troisième.

IV

UNE FUMÉE NOIRE SOUILLAIT LE CIEL ÉTOILÉ. (Page 104.)

Ce paquebot, le *Catalan*, appartenait à la Compagnie des Chargeurs réunis de Marseille. Employé à un service régulier sur la côte occidentale de l'Afrique jusqu'à Saint-Louis et Dakar, il faisait les escales intermédiaires, quand il le fallait, soit pour prendre ou déposer des passagers, soit pour embarquer ou débarquer des marchandises. Assez convenablement aménagé, il marchait à une moyenne de dix à onze nœuds, très suffisante pour ce genre de navigation.

Un quart d'heure après l'arrivée de maître Antifer, un dernier coup de sifflet déchira l'air. Puis, ses amarres larguées, le *Catalan* s'ébranla, son hélice patouilla violemment, soulevant l'écume à la surface de l'eau ; il contourna les navires mouillés au large, longea les grands paquebots méditerranéens endormis à leur poste, suivit le chenal entre l'arsenal et la jetée, donna au large, et prit direction vers l'ouest.

Un vague amoncellement de maisons blanches apparut alors aux yeux du gabarier ; c'était la Casbah dont il ne devait voir que la silhouette indécise. Un cap se montra à l'accore du littoral ; c'était la pointe Pescade, la pointe du restaurant Moïse où l'on confectionne de si succulentes bouillabaisses...

Et ce fut là tout ce que Gildas Trégomain emporta comme souvenirs de son passage à Algerre.

Inutile de mentionner que, dès la sortie du port, Ben-Omar, étendu sur la couchette de sa cabine, recommença à goûter les douceurs du mal de mer. Et, quand il songeait qu'après avoir été de sa personne au golfe de Guinée, il lui faudrait en revenir... Heureusement, ce serait la dernière traversée, cette fois!... Sur cet îlot numéro deux, il était assuré de toucher son fameux tantième!.... Et encore, si l'un de ses compagnons eût éprouvé le même mal, si d'autres cœurs que le sien se fussent soulevés aux caprices de la houle... Non! Pas un qui ressentît la moindre nausée... Il était seul à souffrir... Il n'avait même pas cette consolation si humaine de voir un de ses semblables partager ses souffrances!

Les passagers du *Catalan* étaient en majorité des marins, qui regagnaient les ports de la côte, quelques Sénégalais et un certain nombre de soldats d'infanterie de marine, habitués aux éventualités de la navigation.

Tous se rendaient à Dakar, où le steamer devait déposer ses marchandises. Il n'y aurait donc pas lieu de faire escale en route. Aussi, maître Antifer ne pouvait-il que s'applaudir de s'être précipité à bord du *Catalan*. Il est vrai, qu'une fois rendu à Dakar, on n'aurait pas atteint le but, et c'est même ce que lui fit observer Zambuco.

« D'accord, répondit-il, mais je n'ai jamais compté trouver un paquebot allant d'Alger au Loango, et, lorsque nous serons à Dakar, nous aviserons. »

En effet, il eût été difficile de procéder autrement. Il n'en restait pas moins que cette dernière partie du voyage présenterait sans doute de réels embarras. De là sérieux sujet de préoccupation pour les beaux-frères en expectative.

Pendant la nuit, le *Catalan* prolongea le littoral à la distance de deux à trois milles. Les feux de Tenez se montrèrent, puis ce fut à peine si l'on put distinguer la sombre masse du cap Blanc. Le lendemain, dans la matinée, on aperçut les hauteurs d'Oran, et une heure après, le paquebot doubla le promontoire au revers duquel s'arrondit la rade de Mers-el-Kébir.

Plus loin, c'est la côte marocaine qui se développe sur bâbord, avec son lointain profil de montagnes, dominant cette giboyeuse contrée du Riff. A l'horizon apparut Tétuan toute éclatante sous les rayons solaires, puis, à quelques milles dans l'ouest, Ceuta, campé sur son rocher, entre deux criques, comme un fort qui commande ce battant de porte de la Méditerranée dont l'autre battant est sous la clef de l'Angleterre. Enfin, au large du détroit, apparut l'immense Atlantique.

Les croupes boisées du littoral marocain se dessinèrent. Au delà de Tanger, caché derrière une courbure de son golfe, des villas au milieu des arbres verts, plusieurs marabouts s'en détachant avec une vigueur crue qui éblouissait. La mer était animée par nombre de bâtiments voiliers, attendant que le vent leur permît d'embouquer le détroit de Gibraltar.

Le *Catalan* n'avait pas de ces retards à craindre. Ni la brise, ni ce courant, reconnaissable à un singulier clapotis aux abords de l'entonnoir méditerranéen, ne pouvaient lutter contre sa puissante hélice, et, vers les neuf heures du soir, il battait de sa triple branche la mer Atlantique.

Le gabarier et Juhel causaient à l'arrière
de la dunette, avant de s'accorder quelques
heures de repos. Tout naturellement, la même
pensée leur vint à l'esprit, au moment où le
Catalan, mettant le cap au sud-ouest, contour-
nait l'extrême pointe de la terre d'Afrique, —
une pensée de regret.

« Oui, mon garçon, dit Gildas Trégomain,
il eût été très préférable, au sortir du détroit,
de venir sur tribord au lieu de venir sur bâbord ! Au moins nous ne tournerions pas les
talons à la France...

— Et pour aller où ?... répondit Juhel.

— Au diable, j'en ai peur ! répliqua le gabarier. Que veux-tu, Juhel, mieux vaut endurer
son mal en patience ! On revient de partout,
même de chez le diable !... Dans quelques
jours, nous serons à Dakar, et de Dakar au
fond du golfe de Guinée...

— Qui sait si nous trouverons immédiatement à Dakar un moyen de transport ?... Il
n'existe pas de service régulier au delà...
Nous pouvons être retardés pendant des semaines, et, si mon oncle s'imagine...

— Il se l'imagine, n'en doute pas !

— Qu'il lui sera facile d'atteindre son îlot

numéro deux, il se trompe! Savez-vous à quoi
je pense, monsieur Trégomain?

— Non, mon garçon, mais si tu veux me le
dire...

— Eh bien, je pense que mon grand-père
Thomas Antifer aurait dû laisser ce damné
Kamylk sur les roches de Jaffa...

— Oh! Juhel, ce pauvre homme...

— S'il l'y avait laissé, cet Égyptien n'aurait
pu léguer ses millions à son sauveteur, et, s'il
ne lui avait pas légué ses millions, mon oncle
ne serait pas à courir après, et Énogate serait
ma femme!

— Ça, c'est vrai, répondit le gabarier. Mais si
tu avais été là, toi, Juhel, tu aurais sauvé la vie
à ce malheureux pacha, tout comme l'a fait ton
grand-père! — Tiens, ajouta-t-il en montrant
un point brillant d'une vive lueur sur bâbord, et
pour détourner la conversation, quel est ce feu?

— C'est le feu du cap Spartel, » répondit
le jeune capitaine.

En effet, c'était ce phare qui, placé à l'extrémité ouest du continent africain, et entretenu
aux frais des divers États de l'Europe, est le
plus avancé de ceux dont les éclats se pro-
jettent à la surface des mers africaines.

Il n'y a pas lieu de raconter en détail cette traversée du *Catalan*. Le paquebot fut favorisé. Il trouva des vents de terre sur ces parages et put suivre le littoral à faible distance. La mer n'était soulevée que par la houle venue du large sans lames déferlantes. Il fallait vraiment être le plus susceptible des Omars pour être malade par si beau temps.

Toute la côte resta en vue, les hauteurs de Mékinez, de Mogador, le mont Thésat, qui domine cette région à une altitude de mille mètres, Tarudant, et le promontoire Dschuby où se ferme la frontière marocaine.

Gildas Trégomain n'eut point la satisfaction d'apercevoir les îles Canaries, car le *Catalan* passa à une cinquantaine de milles de Fuerteventura, la plus rapprochée du groupe; mais il put saluer le cap Bojador, avant de franchir le tropique du Cancer.

Le cap Blanc fut relevé dans l'après-midi du 2 mai; puis on entrevit Portendik le matin suivant, dès les premières lueurs de l'aube, et enfin les rivages du Sénégal se développèrent aux regards des voyageurs.

Ainsi qu'il a été dit, tous ses passagers étant à destination de Dakar, le *Catalan* n'eut point

7.

l'occasion de relâcher à Saint-Louis, qui est la capitale de cette colonie française.

Il semble, d'ailleurs, que Dakar ait une importance maritime plus considérable que Saint-Louis. La plupart des transatlantiques qui desservent les lignes de Rio-de-Janeiro au Brésil et de Buenos-Ayres à la République-Argentine, y relâchent avant de se lancer à travers l'Océan. Très probablement, maître Antifer trouverait plus aisément à Dakar des moyens de transport pour gagner le Loango.

Enfin, le 5, vers les quatre heures du matin, le *Calalan* doubla ce fameux cap Vert, situé en même latitude que les îles de ce nom. Il tourna la presqu'île triangulaire, qui pend comme un pavillon à cette extrême pointe du continent africain sur l'Atlantique, et le port de Dakar apparut à l'angle inférieur de la péninsule, après une traversée de huit cents lieues depuis la regrettée Algerre de Gildas Trégomain.

Dakar est bien une terre française, puisque le Sénégal appartient à la France, mais que la France était loin !

VII

Qui rapporte différents propos et divers incidents depuis
l'arrivée à Dakar jusqu'à l'arrivée au Loango.

Jamais Gildas Trégomain n'aurait pu imaginer qu'un jour viendrait où il se promène-
rait avec Juhel sur les quais de Dakar, cette
ancienne capitale de la République goréenne.
C'est pourtant ce qu'il faisait ce jour-là, en
visitant le port protégé par sa double jetée de
roches granitiques, tandis que maître Antifer
et le banquier Zambuco, aussi inséparables
que l'étaient Ben-Omar et Saouk, se dirigeaient vers l'agence maritime française.

Une journée doit amplement suffire à voir
la ville. Elle n'offre rien de très curieux, —
un assez beau jardin public, une citadelle qui
sert de logement à la garnison, une certaine

pointe de Bel-Air, sur laquelle s'élève un éta-
blissement où l'administration interne les malades atteints de la fièvre jaune. Si nos voyageurs allaient être retenus plusieurs jours
dans cet arrondissement, qui a Gorée pour
chef-lieu et Dakar pour ville principale, ce laps
de temps leur paraîtrait interminable.

Enfin il faut faire contre fortune bon cœur,
c'est ce que se répétaient Gildas Trégomain
et Juhel. En attendant, ils flânaient sur les
quais, ils remontaient les rues ensoleillées de
la ville, convenablement entretenues par des
condamnés sous la surveillance de quelques
disciplinaires.

En réalité, ce qui devait les intéresser davantage, c'étaient ces bâtiments, — ces mor-
ceaux d'elle-même que la France envoyait de
Bordeaux à Rio-de-Janeiro, ces paquebots
des Messageries impériales, — ainsi s'appe-
laient-elles en 1862. Dakar n'était pas alors
l'importante station qu'elle est devenue depuis
cette époque, bien que le commerce du Sénégal se chiffrât déjà par vingt-cinq millions de
francs, dont vingt millions avec nos nationaux.
Elle ne possédait que neuf mille habitants, population qui tend à s'accroître à la suite des

travaux entrepris pour l'amélioration du port.

Par exemple, si le gabarier n'avait jamais fait connaissance avec les nègres M'Bambaras, rien ne lui serait plus facile maintenant. En effet, ces indigènes pullulent dans les rues de Dakar. Grâce à leur tempérament sec et nerveux, leur crâne épais, leur toison crépue, ils peuvent impunément supporter les ardeurs du soleil sénégalien. Quant à Gildas Trégomain, il avait cru devoir étendre sur sa tête son large mouchoir à carreaux, qui tant bien que mal lui tenait lieu d'ombrelle.

« Seigneur Dieu, qu'il fait chaud! s'écriat-il. Je ne suis vraiment pas fait pour vivre sous les Tropiques!

— Ce n'est rien encore, monsieur Trégomain, répondit Juhel, et, lorsque nous serons au fond du golfe de Guinée, à quelques degrés au-dessous de l'Équateur...

— Je fondrai, pour sûr, répliqua le gabarier, et je ne rapporterai au pays que ma peau et mes os! D'ailleurs, ajouta-t-il avec son bon sourire, tandis qu'il épongeait sa face suintant comme un alcarraza, il serait difficile de rapporter moins, n'est-ce pas?

— Eh! vous avez déjà maigri, monsieur

Trégomain, fit observer le jeune capitaine.

— Tu trouves ?... Bah ! j'ai de la marge avant d'être réduit à l'état de squelette ! A mon avis, mieux vaut être maigre, quand on s'aventure dans des endroits où les gens se nourrissent de chair humaine. Est-ce qu'il y a des cannibales... du côté de la Guinée ?...

— Plus guère... je l'espère, du moins ! répondit Juhel.

— Eh bien, mon garçon, tâchons de ne point tenter les naturels par notre embonpoint ! Et puis, qui sait, après l'îlot numéro deux, s'il faut aller chercher un îlot numéro trois... dans des pays où l'on se mange en famille...

— Comme l'Australie ou les îles du Pacifique, monsieur Trégomain !

— Oui !... Là les habitants sont antropophages !... »

Il aurait pu même dire « philantropophages, » le digne gabarier, s'il eût été capable de forger ce mot, car, en ces pays-là, c'est par pure gourmandise que l'on dévore son semblable.

Mais, de penser que maître Antifer pousserait l'entêtement jusque là, que la folie des millions pourrait le conduire en ces lointains

parages, ce n'était pas admissible. Certainement, son neveu et son ami ne l'y suivraient
pas, et l'empêcheraient même d'entreprendre
une telle campagne, dussent-ils l'enfermer dans
une maison d'aliénés.

Lorsque Gildas Trégomain et Juhel ren-
trèrent à l'hôtel, ils y retrouvèrent maître Antifer et le banquier.

L'agent français avait fait le meilleur accueil
à son compatriote. Toutefois, quand celui-ci
demanda s'il se trouvait à Dakar quelque navire en partance pour un des ports du Loango,
il n'obtint qu'une réponse fort décourageante.
Les paquebots qui font ce service sont très
irréguliers, et, dans tous les cas, ne touchent
à Dakar qu'une fois par mois. Il existe bien un
service hebdomadaire entre Sierra-Léone et
Grand-Bassam, mais de là au Loango il y a
loin encore. Or, le premier paquebot ne devait
pas arriver à Dakar avant huit jours. Quelle
malencontreuse chance! Une semaine à passer
dans cette bourgade en rongeant son frein! Et
il faudrait qu'il fût d'un acier finement trempé,
ce frein, pour résister aux dents de Pierre-
Servan-Malo, qui broyaient maintenant un
caillou par jour. Il est vrai, ce ne sont pas les

cailloux qui manquent aux grèves du littoral
africain, et maitre Antifer pourrait y renouveler sa provision.

La vérité nous oblige à dire qu'une semaine
à Dakar, c'est long, très long. Les promenades
sur le port, les excursions jusqu'au marigot
qui coule à l'est de la ville, n'offrent pas au
touriste des distractions suffisantes pour l'occuper plus d'un jour. Aussi convenait-il de
s'armer de cette patience qu'une heureuse
philosophie peut seule donner. Mais, à l'ex-
ception de Gildas Trégomain, remarquable-
ment doué sous ce rapport, ils n'étaient ni
patients ni philosophes, l'irritable Malouin et
les divers personnages qu'il entraînait à sa
suite. S'ils bénissaient Kamylk-Pacha de les
avoir choisis pour héritiers, ils le maudissaient
de la fantaisie qu'il avait eue d'enterrer son
héritage si loin. C'était déjà trop d'être allés
jusqu'au golfe d'Oman, et voilà qu'il fallait
descendre jusqu'au golfe de Guinée! Cet
Égyptien n'aurait donc pu faire choix d'un
honnête îlot, bien discret, sur les parages des
mers européennes? Est-ce qu'il ne s'en rencontre pas dans la Méditerranée, dans la Bal-
tique, dans la mer Noire, dans la mer du Nord,

au milieu des eaux riveraines de l'océan Atlantique, et très convenablement aménagés pour
servir de coffres-forts? Vraiment, le pacha
s'était entouré d'un luxe de précautions exa-
géré! Enfin, ce qui était était, et, à moins
d'abandonner la partie... L'abandonner?...
Vous auriez été bien reçu, si vous en aviez fait
la proposition à maître Antifer, au banquier
Zambuco, et même au notaire, tenu en laisse
par la poigne du violent Saouk!

Au surplus, le lien de sociabilité, qui ratta-
chait les uns aux autres ces divers personnages,
se relâchait visiblement. Il y avait trois groupes
très distincts : le groupe Antifer-Zambuco, le
groupe Omar-Saouk, le groupe Juhel-Trégomain. Ils vivaient séparés, ne se voyaient
qu'aux heures des repas, s'évitaient pendant
les promenades, ne causaient jamais entre eux
de la grande affaire. Ils se bornaient à des
duos, qui semblaient ne jamais devoir se
fondre en un sextuor final, — lequel, d'ailleurs,
n'eût pu être qu'une abominable cacophonie.

Premier groupe, Juhel-Trégomain. On connaît le sujet habituel de ses entretiens : pro-
longation indéterminée du voyage, éloigne-
ment progressif des deux fiancés, crainte que

tant de recherches et de fatigues n'aboutissent qu'à une mystification, état d'âme de leur oncle et ami, dont la surexcitation s'accroissait chaque jour et qui menaçait sa raison. Toutes causes de chagrin pour le gabarier et le jeune capitaine, résignés à ne point le contrarier et à le suivre jusqu'au bout.

Deuxième groupe, Antifer-Zambuco. Quelle curieuse étude les deux futurs beaux-frères eussent offerte à l'examen d'un moraliste! L'un, jusqu'alors de goûts simples, menant une existence tranquille dans sa tranquille province, avec cette philosophie naturelle du marin qui a pris sa retraite, et maintenant en proie à la *sacra fames* de l'or, l'esprit détraqué devant ce mirage de millions qui éblouissent ses yeux! L'autre, si riche déjà, mais n'ayant d'autre souci que d'entasser richesses sur richesses, s'exposant à tant de fatigues, à tant de dangers même, dans le but d'en grossir le tas!

« Huit jours à moisir au fond de ce trou, répétait maître Antifer, et qui sait si ce maudit paquebot n'aura pas de retard?...

— Et encore, répondait le banquier, la mauvaise fortune veut-elle qu'il nous débarque à Loango, et, de là, il faudra remonter pendant une cinquantaine de lieues pour gagner la baie Ma-Yumba!

— Eh! je m'inquiète bien de ce bout de chemin! s'écriait l'irascible Malouin.

— Il y aura lieu de s'en inquiéter, cependant, faisait observer Zambuco.

— Bon!... plus tard... que diable!... On n'envoie pas l'ancre par le fond avant d'être au mouillage! Arrivons d'abord à Loango, et ensuite on avisera!

— Peut-être pourrait-on décider le capitaine du paquebot à relâcher au port de Ma-Yumba... Cette relâche l'écarterait peu de sa route?

— Je doute qu'il y consente, par la raison que cela ne doit pas lui être permis.

— En lui offrant une indemnité convenable... pour ce détour, suggéra le banquier.

— Nous verrons, Zambuco, mais vous avez toujours l'esprit préoccupé de ce qui ne me préoccupe guère! L'essentiel est d'arriver à Loango, d'où nous saurons bien gagner Ma-Yumba. Mille bombardes! nous avons des jambes, et s'il l'avait fallu, s'il n'y avait pas eu d'autre moyen de quitter Dakar, je n'aurais pas hésité à prendre le chemin du littoral...

— A pied ?...

— A pied. »

Il en parlait à son aise, Pierre-Servan-Malo ! Et les dangers, les obstacles, les impossibilités d'un tel cheminement ! Huit cents lieues à travers les territoires de Liberia, de la côte d'Ivoire, des Achantis, du Dahomey, du Grand-Bassam ! Non, et il devait s'estimer très heureux qu'en prenant passage à bord d'un paquebot, il pût éviter les périls du voyage ! Pas un de ceux qui l'auraient accompagné dans une pareille expédition n'en serait revenu ! Et Mlle Talisma Zambuco eût vainement attendu en sa maison de Malte le retour de son trop audacieux fiancé !

Ils devaient donc se résigner au paquebot, bien qu'il ne dût pas arriver avant une huitaine de jours. Mais qu'elles leur paraîtraient longues, ces heures passées à Dakar !

Tout autre était la conversation du couple Saouk-Omar. Non pas que le fils de Mourad fût moins impatient d'atteindre l'ilot et d'enlever le trésor de Kamylk-Pacha, non ! C'était sur la façon dont il en dépouillerait les deux colégataires à son profit, que se concentrait sa pensée, à l'extrême épouvante de Ben-Omar. Après avoir médité de faire le coup au retour de Sohar à Mascate avec l'aide de coquins à son service, il essaierait, cette fois, de l'accomplir au retour de Ma-Yumba à Loango par des moyens identiques. Certainement ses chances seraient plus sérieuses. Parmi les indigènes de la province, ou chez ces agents interlopes des factoreries, il saurait recruter de ces gens capables de tout, même de verser le sang, et qui s'associeraient, moyennant finances, à sa criminelle opération.

Et c'est bien cette perspective dont s'effrayait le pusillanime Ben-Omar, sinon par un excès de délicatesse, du moins par la crainte d'être mêlé à quelque mauvaise affaire, — ce qui ne lui laissait plus un instant de répit.

Et alors il essayait de timides observations. Il affirmait que maître Antifer et ses compagnons étaient hommes à vendre chèrement leur vie. Il insistait sur ce point que, tout en les payant bien, on ne pouvait compter sur les coquins qu'emploierait Saouk, qu'ils parleraient tôt ou tard, que l'attentat s'ébruiterait dans le pays, qu'on finissait toujours par savoir la vérité même au milieu de ces contrées sauvages, lorsqu'il s'agissait des explorateurs massacrés sur les territoires les plus reculés de l'Afrique, qu'on ne pouvait jamais être assuré du secret... Il est visible que toute cette argumentation ne découlait pas de la criminalité de l'acte, mais de la peur qu'il fût découvert un jour, — les seules raisons qui auraient pu arrêter un homme tel que Saouk.

Au fond, cela ne le touchait nullement... Il en avait vu et fait bien d'autres !... Et, jetant au notaire un de ces regards qui le glaçaient jusqu'à la moelle des os :

« Je ne connais qu'un imbécile, répondait-il, un seul qui serait capable de me trahir !

— Et qui donc, Excellence ?...

— Toi, Ben-Omar !

— Moi ?...

— Oui, et prends garde, car je sais un moyen sûr d'obliger les gens à se taire ! »

Ben-Omar, tremblant de tous ses membres, baissait la tête. Un cadavre de plus sur la route de Ma-Yumba à Loango, ce n'était pas pour embarrasser Saouk, il le savait de reste.

Le paquebot attendu mouilla dans la matinée du 12 mai au port de Dakar. C'était le *Cintra,* un navire portugais, affecté au transport des voyageurs et des marchandises à

destination de Saint-Paul de Loanda, l'importante colonie lusitanienne de l'Afrique tropicale. Il faisait régulièrement relâche à Loango,
et, comme il partait le lendemain dès le jour
levant, nos voyageurs se hâtèrent d'y retenir
leurs places. Avec sa vitesse moyenne de neuf
à dix milles, la traversée devait durer une
semaine, pendant laquelle Ben-Omar s'attendait à tous les affres du mal de mer.

Le lendemain, ayant laissé à Dakar un certain
nombre de passagers, le *Cintra* sortit du port
par un beau temps, la brise venant de terre.
Maître Antifer et le banquier poussèrent un
immense soupir de satisfaction, comme si leurs
poumons n'eussent pas fonctionné depuis une
semaine. C'était leur dernière étape, avant de
mettre le pied sur l'îlot numéro deux, et la main
sur le trésor qu'il leur gardait fidèlement dans
ses entrailles. L'attraction que cet îlot exerçait
sur eux semblait d'autant plus puissante qu'ils
s'en approchaient davantage, conformément
aux lois naturelles et en raison inverse du carré
des distances. Et, à chaque tour d'hélice du *Cintra*, cette distance décroissait... décroissait...

Hélas! elle s'accroissait au contraire pour
Juhel. Il s'éloignait de plus en plus de cette

France, de cette Bretagne où se désolait Énogate. Il lui avait écrit de Dakar dès son arrivée,
il lui avait écrit la veille de son départ, et la
pauvre fille ne tarderait pas à apprendre que
son fiancé s'en allait encore plus loin d'elle...
Et c'est à peine s'il pouvait assigner une date
probable à son retour!

Tout d'abord, Saouk avait cherché à savoir
si le *Cintra* devait débarquer des passagers à
Loango. Parmi ces aventuriers, dont la conscience est réfractaire aux scrupules et aux
remords, qui vont chercher fortune en ces régions reculées, peut-être en trouverait-il qui,
connaissant le pays, seraient susceptibles de
devenir ses complices? Son Excellence fut
déçue de ce chef. Ce serait donc à Loango
qu'il aurait à faire son choix de coquins. Par
malheur, il ne parlait pas la langue portugaise
que Ben-Omar ignorait également. Circonstance assez embarrassante, lorsqu'il s'agit de
traiter des affaires délicates, pour lesquelles
il est indispensable de s'exprimer avec une
parfaite netteté. Du reste, maître Antifer,
Zambuco, Gildas Trégomain et Juhel en étaient
réduits à causer entre eux, personne à bord
ne sachant le français.

Quelqu'un dont la surprise égala la satisfaction, il faut le reconnaître, ce fut le notaire
Ben-Omar. Prétendre qu'il ne ressentît aucun
malaise pendant cette traversée du *Cintra*, ce
serait exagérer. Toutefois, ces grandes souffrances qu'il avait subies antérieurement lui
furent épargnées. La navigation s'opérait dans
des conditions excellentes, favorisée par un
léger vent de terre. La mer restait calme le
long du littoral que le *Cintra* longeait à deux
ou trois milles, et c'est à peine si elle ressentait les houles du large.

Et même, ces conditions ne se modifièrent
pas, lorsque le paquebot eut doublé le cap des
Palmes, à l'extrême pointe du golfe de Guinée. En effet, ainsi que cela se produit souvent, la brise suivait le contour des côtes, et
le golfe fut aussi propice que l'avait été l'O-
céan. Et, cependant, le *Cintra* dut perdre de
vue les hauteurs du continent, en prenant direction sur Loango. On ne vit rien des territoires des Achantis ni du Dahomey, pas même
la cime de ce mont Cameroun qui se dresse à
une altitude de trois mille neuf cent soixante
mètres par delà l'île Fernando-Po, sur les
confins de la Haute-Guinée.

8

Dans l'après-midi du 19 mai, Gildas Trégomain fut pris d'une certaine émotion. Juhel venait lui apprendre qu'il allait franchir l'Équateur. Enfin, pour la première fois, pour la dernière sans doute, l'ex-patron de la *Charmante-Amélie* avait l'occasion de pénétrer dans l'hémisphère austral. Quelle aventure, lui, un marinier de la Rance! Aussi fut-ce sans trop de regret qu'il remit aux matelots du *Cintra*, à l'exemple des autres passagers, sa piastre de bienvenue en l'honneur du passage de la Ligne.

Le lendemain, au soleil levant, le *Cintra* se trouvait en latitude de la baie Ma-Yumba, à une distance de cent milles environ. Si le capitaine du paquebot eût consenti à se porter en cette direction, à relâcher dans ce port qui appartient à l'état de Loango, que de fatigues, que de dangers peut-être il aurait épargnés à maître Antifer et aux siens! Cette relâche les eût dispensés d'un parcours extrêmement difficile à la lisière du littoral.

Aussi, poussé par son oncle, Juhel essaya-t-il de pressentir le capitaine du *Cintra* à ce sujet. Ce Portugais connaissait quelques mots de la langue anglaise, et quel est le marin qui n'est pas tant soit peu familiarisé avec l'idiome britannique? Or, Juhel, on le sait, parlait couramment cette langue, et il en avait largement usé lors de ses rapports avec le prétendu interprète de Mascate. Il communiqua donc au capitaine la proposition de relâcher à Ma-Yumba. Ce détour n'allongerait la traversée que de quarante-huit heures environ... On ne demanderait pas mieux que de payer le retard et les dépenses qu'il comporterait, consommation de combustible, nourriture de l'équipage, indemnité aux armateurs du *Cintra*, etc.

Le capitaine saisit-il la proposition que lui fit Juhel? Oui, à n'en pas douter, surtout lorsqu'elle fut appuyée d'une démonstration sur la carte du golfe de Guinée. Entre marins, on se comprend d'un mot. Et, en vérité, rien n'eût été plus simple que de s'écarter vers l'est, afin de déposer cette demi-douzaine de passagers à Ma-Yumba, puisque ces passagers offraient une somme convenable.

Le capitaine refusa. Esclave des règlements du bord, il était frété pour Loango, il irait à Loango. De Loango, il devait aller à Saint-Paul de Loanda, il irait à Saint-Paul de Loanda — pas ailleurs, quand même on voudrait lui acheter son navire au poids de l'or. Telles furent les expressions dont il se servit, que Juhel comprit très exactement et qu'il traduisit à son oncle.

Colère terrible de celui-ci, accompagnée d'une bordée de mots malsonnants à l'adresse du capitaine. Rien n'y fit, et même, sans l'intervention de Gildas Trégomain et de Juhel, il est probable que maître Antifer, en état de rébellion, eût été flanqué à fond de cale pour le reste de la traversée.

Et voilà pourquoi, le surlendemain, dans la soirée du 21 mai, le *Cintra* stoppa devant les longs bancs de sable qui défendent la côte du Loango, débarqua avec sa chaloupe les passagers en question, puis repartit quelques heures après, en faisant route sur Saint-Paul, la capitale de la colonie portugaise.

VIII

Où il est démontré que certains passagers ne sont pas bons à embarquer à bord d'un boutre africain.

Le lendemain, à l'abri d'un baobab, qui les défendait contre les torrents de feu du soleil, deux hommes s'entretenaient avec animation. En remontant la principale rue de Loango, où ils venaient de se rencontrer par le plus grand des hasards, ils s'étaient regardés, faisant mille gestes de surprise.

L'un avait dit :

« Toi... ici ?...

8.

— Oui... moi ! » avait répondu l'autre.

Et, sur un signe du premier, qui était Saouk, le second, un Portugais du nom de Barroso, l'avait suivi hors de la ville.

Si Saouk ne parlait pas la langue de Barroso, Barroso parlait la langue de Son Excellence, ayant longtemps vécu en Égypte. Deux anciennes connaissances, on le voit. Barroso faisait partie de cette bande d'aventuriers qu'entretenait Saouk, lorsqu'il se livrait à des déprédations de toutes sortes, sans être trop inquiété par les agents du vice-roi, grâce à l'influence de Mourad, son père, le propre cousin de Kamylk-Pacha. Puis, la bande s'étant dispersée après quelques hauts faits auxquels il eût été impossible d'assurer l'impunité, Barroso avait disparu. De retour en Portugal, où ses aptitudes naturelles ne trouvèrent pas à s'exercer, il avait quitté Lisbonne pour venir travailler dans une factorerie du Loango. A cette époque, le commerce de la colonie, presque anéanti à la suite de l'abolition de la traite, se réduisait au transport de l'ivoire, de l'huile de palmes, des sacs d'arachides et des billes de bois d'acajou.

Actuellement, ce Portugais, qui avait na-

vigué autrefois — âgé d'une cinquantaine
d'années alors, — commandait un boutre de
fort tonnage, le *Portalègre*, lequel faisait le
service de la côte au compte des négociants
du pays.

Ce Barroso, avec un passé tel que le sien,
une conscience si parfaitement dépourvue de
scrupules, une audace acquise au cours de ses
anciens métiers, était juste l'homme qu'il
fallait à Saouk pour mener à bonne fin ses
criminelles machinations. Arrêtés au pied de
ce baobab, dont les bras de vingt hommes
n'eussent pas entouré le tronc, — qu'était-ce
auprès du fameux banian de Mascate? — tous
deux purent causer sans crainte d'être enten-
dus, et de choses menaçantes pour la sécurité
de maître Antifer et de ses compagnons.

Après que Saouk et Barroso se furent réci-
proquement raconté leur existence depuis
l'année où le Portugais avait quitté l'Égypte,
Son Excellence en vint au fait sans ambages.
Par prudence, si Saouk se garda de faire connaître l'importance du trésor qu'il prétendait
s'approprier, du moins amorça-t-il la cupidité
de Barroso avec l'appât d'une somme considérable.

« Mais, ajouta-t-il, j'ai besoin pour me seconder d'un homme résolu... courageux...

— Vous me connaissez, Excellence, répondit le Portugais, et vous savez que je ne recule devant aucune besogne...

— Si tu n'es pas changé, Barroso...

— Je ne le suis pas.

— Sache donc qu'il y aura quatre hommes à faire disparaître, et peut-être un cinquième, si je juge convenable de me débarrasser d'un certain Ben-Omar dont je passe pour être le clerc sous le nom de Nazim.

— Un de plus, peu importe! répondit Barroso.

— D'autant mieux que celui-là, il suffira de souffler dessus pour qu'il n'en soit plus jamais question.

— Et comment comptez-vous?...

— Voici mon plan, répondit Saouk, après s'être bien assuré que personne ne pouvait l'entendre. Les gens dont il s'agit, trois Français, le Malouin Antifer, son ami et son neveu, puis un banquier tunisien, nommé Zambuco, viennent de débarquer à Loango, afin d'aller prendre possession d'un trésor déposé dans un des îlots du golfe de Guinée...

— En quels parages?... demanda vivement Barroso.

— Les parages de la baie Ma-Yumba, répondit l'Égyptien. Leur intention est de remonter par terre jusqu'à cette bourgade, et j'ai pensé qu'il serait aisé de les attaquer, lorsqu'ils reviendraient à Loango avec leur trésor pour y attendre le passage du paquebot de Saint-Paul, qui doit les ramener à Dakar.

— Rien de plus facile, Excellence! affirma Barroso. Je me fais fort de trouver une douzaine d'honnêtes aventuriers, toujours à l'affût d'une bonne affaire, et qui ne demanderont que de vous prêter assistance, moyennant un prix convenu... et convenable.

— Je n'en ai jamais douté, Barroso, et, sur ces territoires déserts, le coup ne peut manquer de réussir.

— Sans doute, Excellence, mais j'ai à vous proposer une combinaison plus avantageuse.

— Parle donc.

— Je commande ici un boutre de cent cinquante tonneaux, le *Portalègre*, qui transporte des marchandises d'un port à l'autre de la côte. Or, mon boutre doit précisément partir dans deux jours pour Baracka du Gabon, un peu au nord de Ma-Yumba.

— Eh! s'écria Saouk, c'est là une circonstance dont il faut profiter! Maître Antifer s'empressera de prendre passage à bord de ton boutre, afin d'éviter les fatigues et les dangers d'un voyage à pied sur le littoral. Tu nous débarqueras à Ma-Yumba, tu iras livrer tes marchandises au Gabon, et tu reviendras nous chercher... Et, pendant la traversée du retour à Loango...

— Entendu, Excellence.

— Combien as-tu d'hommes à bord?...

— Douze.

— Dont tu es sûr?...

— Comme de moi.

— Et que transportes-tu au Gabon?...

— Une cargaison d'arachides, et, en outre, six éléphants achetés par une maison de Baracka, qui doit les expédier à une ménagerie de Hollande.

— Tu ne parles pas le français, Barroso?...

— Non, Excellence...

— Moi, n'oublie pas que je ne suis censé ni le parler ni le comprendre. Aussi chargerai-je Ben-Omar de te faire la proposition, et le Malouin n'hésitera pas à l'adopter. »

Ce n'était pas douteux, en effet, et il y avait lieu de craindre que les deux colégataires, dépouillés de leurs richesses, ne disparussent avec leurs compagnons pendant la navigation de retour à travers le golfe de Guinée.

Et qui aurait pu empêcher le crime ? Et qui pourrait en rechercher les auteurs ?

Le Loango n'est pas sous la domination portugaise comme le sont l'Angola et le Benguela. C'est un des royaumes indépendants de ce Congo, — compris entre le fleuve Gabon, au nord, le fleuve Zaïre, au sud, — qui devait bientôt appartenir à la France. Mais, à cette époque, depuis le cap Lopez jusqu'au Zaïre, les rois indigènes reconnaissaient le souverain de Loango et lui payaient tribut généralement en esclaves : tels ceux de Cassange, Tomba Libolo, et certains vassaux régnant sur de petits territoires très divisés. La société est régulièrement constituée parmi ces nègres : en haut, le roi et sa famille, puis les princes-nés, c'est-à-dire issus d'une princesse qui seule peut leur transmettre la noblesse, puis les maris des princesses qui sont suzerains, puis les prêtres, les fétiches ou « yangas », dont le chef Chitomé est de vertu divine, enfin les courtiers, les marchands, les clients, c'est-à-dire le peuple.

Quant aux esclaves, il y en a beaucoup, il y en a trop. On ne les vend plus à l'étranger, il est vrai, et c'est une des conséquences de l'intervention européenne pour l'abolissement de la traite. Est-ce bien le souci de la dignité, de la liberté humaine, qui a provoqué cette abolition? Tel n'était point l'avis de Gildas Trégomain, lequel se montra parfait connaisseur des hommes et des choses, quand, ce jour-là, il dit à Juhel :

« Si on n'avait pas inventé le sucre de betteraves, et si l'on ne se servait que de sucre de canne pour sucrer son café, la traite s'exercerait encore et probablement s'exercerait toujours !»

Mais, de ce que le roi du Loango est le roi d'un pays qui jouit de toute son indépendance, il ne s'ensuit pas que ses routes soient suffisamment surveillées et les voyageurs à l'abri de tout péril. Aussi eût-il été difficile de trouver un territoire plus favorable, ou une mer plus propice à un mauvais coup.

C'était bien ce dont se préoccupait Juhel, — en ce qui concernait le territoire du moins. Si

son oncle ne s'en inquiétait guère, déséquilibré comme il l'était, le jeune capitaine n'en-
visageait pas sans une sérieuse crainte ce cheminement de deux cents kilomètres le long
du littoral jusqu'à la baie Ma-Yumba. Il crut
devoir en prévenir le gabarier :

« Que veux-tu, mon garçon ? lui répondit Gildas Trégomain. Le vin est tiré, il faut le boire !

— En réalité, reprit Juhel, ce n'était qu'une
promenade, cette excursion que nous avons
faite de Mascate à Sohar, et encore étions-
nous en bonne compagnie !

— Voyons, Juhel, ne pourrait-on former à
Loango une caravane d'indigènes ?...

— Je ne me fierais pas plus à ces moricauds
qu'aux hyènes, panthères, léopards et lions de
leur pays !

— Ah ! il y a de ces bêtes à foison ?...

— A foison, sans compter des lentas qui
sont des vipères venimeuses, des cobras qui
vous crachent leur écume à la figure, des boas
de dix mètres...

— Un joli endroit, mon garçon ! Vrai, cet
excellent pacha n'aurait pu en choisir un plus
convenable ! Et tu affirmes que ces indigènes...

9

— Sont de médiocre intelligence, sans doute, comme tous les Congolais, mais ils en ont assez pour piller, voler, massacrer les fous qui s'aventurent sur cette abominable région... »

Ce bout de dialogue donne une très exacte idée des préoccupations de Juhel, partagées par Gildas Trégomain. Aussi, éprouvèrent-ils tous les deux un véritable soulagement, lorsque Saouk, par l'intermédiaire de Ben-Omar, eut présenté le Portugais Barroso à maître Antifer et au banquier tunisien. Plus de longues étapes à travers ces contrées dangereuses, plus de fatigues sous ce climat excessif pendant un assez long voyage! Comme Saouk n'avait rien dit de ses rapports antérieurs avec Barroso, comme Juhel ne pouvait soupçonner que ces deux coquins s'étaient connus autrefois, sa défiance ne fut point éveillée. L'essentiel, c'est que l'on ferait le trajet par mer jusqu'à la baie Ma-Yumba. Le temps était beau... On serait rendu en quarante-huit heures... Le boutre débarquerait ses passagers dans le port... il irait à Baracka... au retour il les rembarquerait avec le trésor... et tous regagneraient Loango d'où le prochain paquebot les ramènerait à Marseille... Non! jamais la chance ne s'était si nettement déclarée en faveur de Pierre-Servan-Malo. Sans doute, il faudrait payer d'un bon prix le transport sur le boutre... Eh! qu'importait ce prix!

Il y avait deux jours à passer à Loango [1], en attendant que la demi-douzaine d'éléphants, expédiés de l'intérieur, fût rendue à bord du *Portalègre*. Aussi Gildas Trégomain et Juhel — le premier toujours désireux de s'instruire, — s'amusèrent-ils à parcourir la bourgade, la « banza », comme on dit en langue congolaise.

Loango ou Bouala, la vieille cité, mesurant quatre mille cinq cents mètres de circuit, est bâtie au milieu d'un bois de palmiers. Elle ne se compose que d'un ensemble de factoreries, entourées de « chirubèques », sortes de cabanes faites de tiges de raphias et couvertes en feuilles de papyrus. Les comptoirs y sont portugais, espagnols, français, anglais, hollandais, allemands. Rien de plus mélangé, on le voit. Mais que de nouveau pour le gabarier! Les

1. C'est par Loango que l'on va maintenant à Brazzaville sur le fleuve Congo.

Bretons des bords de la Rance ne ressemblent
guère à ces indigènes demi-nus, armés d'arcs,
de sabres de bois et de haches arrondies. Le
roi de Loango, affublé d'un vieil uniforme ridi-
cule, ne rappelle que de très loin le préfet
d'Ille-et-Vilaine. Les bourgs entre Saint-Malo
et Dinan ne possèdent point de ces cases, abri-
tées de cocotiers gigantesques. Enfin les Malouins ne sont pas polygames, comme ces
paresseux de Congolais qui laissent tous les
gros ouvrages à leurs femmes, et se cou-
chent lorsque celles-ci sont malades. Seulement, les terres de la Bretagne ne valent pas
les terres du Loango. Ici, il suffit de remuer
le sol pour en obtenir de superbes récoltes,
ce « manfrigo » ou millet dont les épis pèsent
un kilogramme, ce « holcus » qui pousse sans
culture, ce « luco » qui sert à la fabrication du
pain, ce maïs, qui donne trois moissons par
année, le riz, les patates, le manioc, le « tamba »,
espèce de panais, les « insanguis » ou lentilles,
le tabac, des cannes à sucre dans les parties
marécageuses, des vignes au voisinage du
Zaïre, importées des Canaries et de Madère,
des figues, des bananes, des oranges nommées
« mambrochas », des citrons, des grenades, des

« coudes », fruits en forme de pommes de pin qui contiennent une substance farineuse et fondante, des « neubanzams », sortes de noisettes très goûtées des nègres, et des ananas qui poussent naturellement sur les terrains déserts.

Et puis, quels arbres énormes, — des mangliers, des sandals, des cèdres, des tamariniers, des palmiers, et nombre de ces baobabs d'où l'on tire un savon végétal et un marc de fruit, qui est très recherché des nègres !

Et quelle agglomération d'animaux, des cochons, des sangliers, des zèbres, des buffles, des chevreuils, des gazelles, des antilopes par troupes, des éléphants, des martres, des zibelines, des chacals, des onces, des porcs-épics, des écureuils volants, des chats sauvages, des chats-tigres, sans parler d'innombrables variétés de singes, chimpanzés et petites « moues » à queue longue et à figure bleuâtre, des autruches, des paons, des grives, des perdrix grises et rouges, des sauterelles comestibles, des abeilles, puis des moustiques, des « canzos », des satoles et des cousins plus qu'on n'en voudrait ! Étonnant pays, et à quelle intarissable source aurait puisé Gildas Trégomain,

s'il avait eu le temps d'y étudier l'histoire naturelle!

On peut être certain que ni maître Antifer
ni le banquier Zambuco n'auraient su dire si
Loango était peuplé de blancs ou de noirs.
Non! Leurs yeux regardaient ailleurs. Ils cherchaient au loin, plus au nord, un point imper-
ceptible, un point unique au monde, une sorte
d'énorme diamant aux éclats fascinateurs,
pesant des milliers de carats et valant des
millions de francs!... Ah! qu'il leur tardait
d'avoir mis le pied sur l'îlot numéro deux,
terme définitif de leur aventureuse campagne!

Le 22 mai, au soleil levant, le boutre était
prêt à partir. Les six éléphants, arrivés de la
veille, avaient été embarqués avec les égards
dus à de si grosses bêtes. Magnifiques animaux, à coup sûr, et qui n'auraient pas déparé
le personnel d'un cirque Sam-Lockhart! Il va
de soi qu'ils avaient été placés à fond de cale,
dans le sens de la largeur.

Peut-être n'était-ce pas très prudent qu'un
navire de cent cinquante tonneaux seulement
fût chargé de pareilles masses, — ce qui pouvait
compromettre son équilibre. Juhel le fit même
observer au gabarier. Il est vrai, le boutre était

assez large de bau, et tirait peu d'eau en vue
de lui faciliter les accostages sur les bas-fonds.
Il mâtait deux mâts très écartés l'un de l'autre,
portant des voiles carrées, car un bâtiment de
ce genre ne marche bien que vent arrière, et
s'il ne va pas vite, du moins est-il construit
pour naviguer sans danger en vue des côtes.

Au surplus, le temps était favorable. Au
Loango, ainsi qu'en tout ce territoire des
Guinées, la saison des pluies, qui commence
en septembre, finit en mai sous l'influence des
vents venus du nord-ouest. En revanche, s'il
fait beau de mai à septembre, quelle insoutenable chaleur, à peine tempérée par la rosée
abondante des nuits! Depuis leur débarquement, nos voyageurs fondaient, maigrissaient
à vue d'œil. Plus de trente-quatre degrés cen-
tigrades à l'ombre! En ces pays-là, à en croire
certains explorateurs peu dignes de foi, qui
doivent être originaires des Bouches-du-Rhône
ou de la Gascogne, les chiens sont obligés de
sauter sans cesse, afin de ne pas se brûler les
pattes sur un sol incandescent, et on trouve
des sangliers tout cuits dans leur bauge! Gildas
Trégomain n'était pas éloigné d'accepter ces
histoires pour vraies...

Le *Portalègre* mit à la voile vers huit heures
du matin. Les passagers étaient au complet,
hommes et éléphants. Toujours les groupe-
ments que l'on sait : maître Antifer et Zambuco, plus hypnotisés que jamais par cet îlot
numéro deux, et de quel poids serait soulagée
leur poitrine, lorsque le matelot de vigie le
signalerait à l'horizon — Gildas Trégomain et
Juhel, l'un oubliant les mers d'Afrique pour sa
Manche bretonne et le port de Saint-Malo,
l'autre n'ayant d'autre préoccupation que de se
rafraîchir en aspirant la brise — Saouk et Barroso, causant ensemble, et pourquoi s'en fût-on
étonné, puisqu'ils parlaient la même langue,
et que, grâce à leur rencontre, le boutre avait
été mis à la disposition de maître Antifer.

Quant à l'équipage, il se composait d'une
douzaine de gaillards plus ou moins portugais,
d'aspect assez rébarbatif. Si l'oncle, absorbé
dans ses pensées, ne l'observa pas, le neveu
en fit la remarque et communiqua son impression au gabarier. Celui-ci répondit que,
par de telles températures, il est téméraire de
juger les gens sur la mine. Après tout, il ne
faut pas être exigeant, quand il s'agit de
l'équipage d'une embarcation africaine.

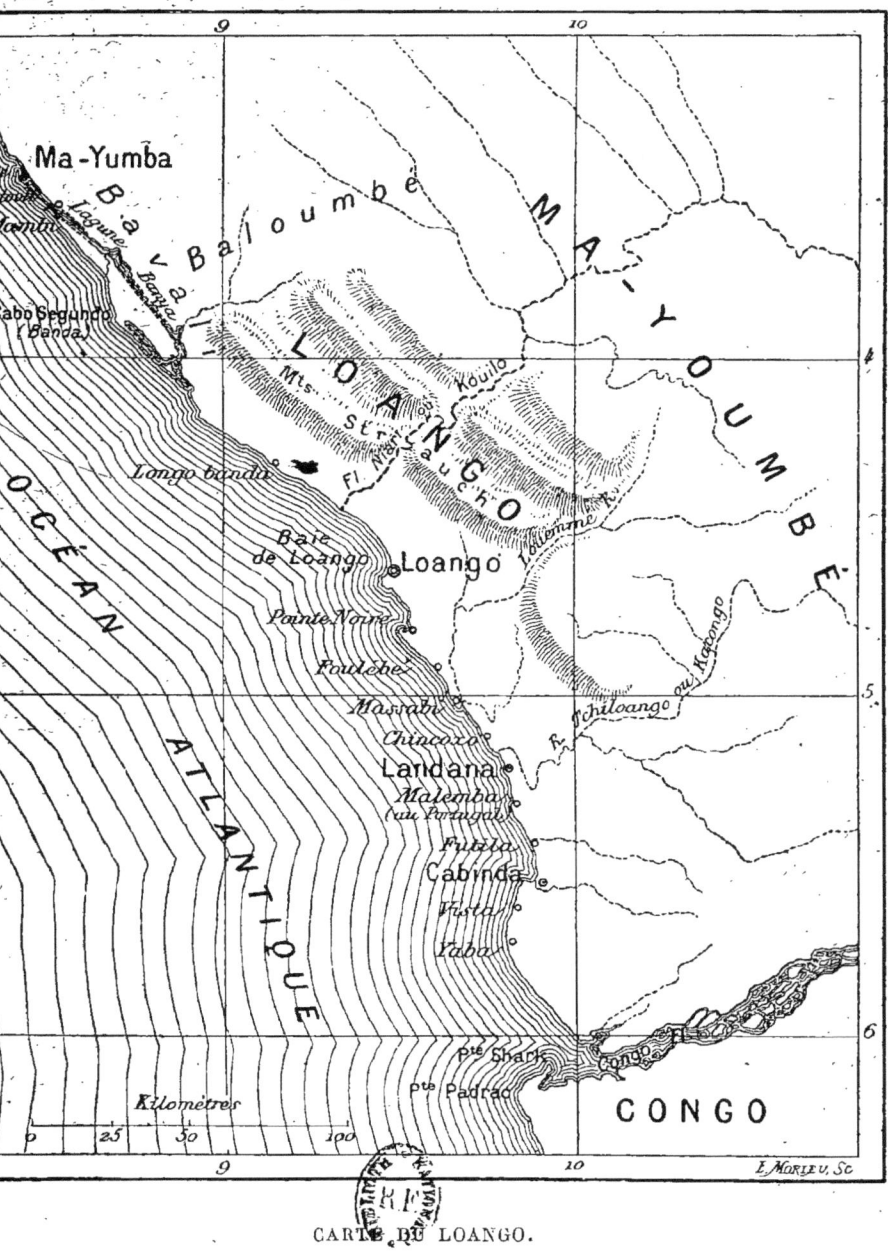

V

CARTE DU LOANGO.

Avec les vents régnants, la traversée promettait d'être délicieuse le long du littoral. *Portentosa Africa!* aurait dit Gildas Trégomain, s'il eût connu la pompeuse épithète dont les Romains saluaient ce continent. En vérité, pour peu que leur esprit n'eût pas été ailleurs, maître Antifer et ses compagnons, en passant devant la factorerie Chillu, se seraient abandonnés à la juste admiration que méritent les beautés naturelles de cette côte. Seul entre tous, le gabarier regardait en homme qui veut rapporter, à tout le moins, quelque souvenir de son voyage. Et que pourrait-on imaginer de plus splendide que cette succession de forêts verdoyantes, étagées sur les premières ondulations du sol, dominées çà et là par les hauteurs de ces monts sublimes, les Strauch, noyés de brumes chaudes en leur profond recul! De mille en mille, la grève s'échancre pour livrer passage à ces cours d'eau, sortis des bois touffus, et que ces chaleurs tropicales ne parvenaient point à sécher. Il est vrai, toute cette eau ne va pas à la mer. De nombreux volatiles lui en volent quelques gouttes, des paons, des autruches, des pélicans, des plongeons dont les ébats animent ces paysages merveilleux. Là apparaissent des troupes de gracieuses antilopes, des bandes d' « empolangas » ou élans du Cap. Là se vautrent d'énormes mammifères capables d'avaler une tonne de cette eau limpide comme le gabarier en eût avalé un verre, des troupeaux d'hippopotames qui ressemblent de loin à des porcs roses, dont, paraît-il, la chair n'est pas dédaignée des indigènes.

Aussi, Gildas Trégomain de dire à maître Antifer, près duquel il se trouvait à l'avant du boutre :

« Hein, mon ami... des pieds d'hippopotame à la Sainte-Menchould... cela t'irait-il? »

Pierre-Servan-Malo se contenta de hausser les épaules, en adressant au gabarier un de ces regards, hébétés, vagues... qui ne regardent pas.

« Il ne comprend même plus! » murmura Gildas Trégomain, dont le mouchoir faisait office d'éventail.

On apercevait aussi, à la lisière du littoral, des troupes de singes, cabriolant d'un arbre à l'autre, hurlant, grimaçant, lorsqu'un coup de barre rapprochait le *Portalègre* de la grève.

Notons que des volatiles, des hippopotames,

des singes, ce n'étaient pas ces animaux qui
auraient gêné nos voyageurs,, s'ils eussent été
contraints d'aller pédestrement de Loango à
Ma-Yumba. Non, ce qui aurait constitué un
danger plus sérieux, c'est la présence de ces
panthères et de ces lions que l'on voyait bondir
entre les taillis, fauves prodigieux de souplesse,
dont la rencontre aurait été redoutable. Le
soir venu, de rauques hurlements, des aboie-
ments lugubres, éclataient au milieu de ce
silence impressionnant qui se fait à la tombée
de la nuit. Ce concert arrivait comme un
mugissement de tempête jusqu'au boutre.
Troublés, surexcités, les éléphants s'ébrouaient
à fond de cale, répondaient par des grogne-
ments sauvages, et, en s'agitant, faisaient
craquer la membrure du *Portalègre*. Décidément, c'était une cargaison un peu inquiétante
pour les passagers.

Quatre jours s'écoulèrent. Aucun incident ne
vint rompre la monotonie de cette traversée.
Le beau temps continuait à se maintenir. La
mer était au calme blanc, si bien que Ben-
Omar ne ressentait aucun malaise. Nul tangage,
nul roulis, et, quoique lourdement lesté dans
ses fonds, le *Portalègre* était presque insen-

sible aux longues ondulations de la houle, qui venaient mourir en un léger ressac sur les grèves.

Pour sa part, le gabarier n'eût jamais imaginé qu'une navigation maritime pût aussi paisiblement s'accomplir.

« On se croirait à bord de la *Charmante-Amélie*, entre les rives de la Rance, dit-il à son jeune ami.

— Oui, objecta Juhel, avec cette différence qu'il n'y avait pas sur la *Charmante-Amélie* un capitaine comme ce Barroso et un passager comme ce Nazim, dont l'intimité avec le Portugais me paraît de plus en plus suspecte !

— Eh ! que veux-tu qu'ils méditent et préméditent, mon garçon ? répondit Gildas Trégomain. Ce serait un peu tard, car nous devons être bien près du but ! »

En effet, au soleil levant, le 27 mai, après avoir doublé le cap Banda, le boutre ne se trouvait pas à vingt milles de Ma-Yumba. C'est ce que Juhel apprit par l'intermédiaire de Ben-Omar, qui l'apprit lui-même de Saouk, lequel, sur sa demande, avait interrogé Barroso.

On arriverait donc le soir même à ce petit port de l'État de Loango. Déjà, la côte s'échan-

crait derrière la pointe Matooti, dessinant une
large baie au fond de laquelle se cache la
bourgade. Si l'îlot numéro deux existait, s'il
occupait la place indiquée par la dernière
notice, c'était dans cette baie qu'il fallait en
chercher le gisement.

Aussi maître Antifer et Zambuco appli-
quaient-ils incessamment les yeux à l'oculaire
de leur longue-vue, dont ils avaient frotté et
refrotté l'objectif...

Par malheur, le vent était léger, la brise
presque mourante. Le boutre ne marchait pas
vite, — à peine deux nœuds en moyenne.

Vers une heure, la pointe Matooti fut dou-
blée. Un cri de joie retentit à bord. Les deux
futurs beaux-frères venaient d'apercevoir si-
multanément une série d'îlots au fond de la
baie. A coup sûr, celui qu'ils cherchaient était
l'un de cette série... Lequel?... C'est ce que
l'on établirait le lendemain par l'observation
du soleil.

A cinq ou six milles à l'est, Ma-Yumba
apparaissait sur sa flèche de sable, entre la
mer et le marigot de Banya, avec ses factoreries, ses maisonnettes toutes lumineuses entre
les arbres. Devant les grèves se mouvaient

quelques barques de pêche, semblables à de gros oiseaux blancs.

Quel calme régnait à la surface de cette baie! Un canot n'eût pas été plus tranquille à la surface d'un lac... que disons-nous?... à la surface d'un étang, et même d'une immense jatte d'huile! L'averse des rayons solaires, qui tombait à pic sur ces parages, embrasait l'espace. Gildas Trégomain ruisselait comme la fontaine d'un parc royal, un jour de grandes eaux.

Le *Portalègre* approchait, cependant, grâce à quelques souffles intermittents, venus de l'ouest. Les îlots de la baie s'accusèrent plus nettement. On en comptait de six à sept, pareils à des corbeilles de verdure.

A six heures du soir, le boutre était par le travers de cet archipel. Maître Antifer et Zambuco se tenaient debout à l'avant. Saouk, s'oubliant un peu, ne pouvant maîtriser son impatience, justifiait par son attitude les soupçons de Juhel. Ces trois hommes dévoraient des yeux le premier de ces îlots. S'attendaient-ils donc à voir jaillir de ses flancs une gerbe de millions comme d'un cratère d'or?...

Et, cependant, s'ils avaient su que l'îlot dans

les entrailles duquel Kamylk-Pacha avait enfoui son trésor, ne se composait que de rochers stériles, de pierres dénudées, sans un arbre, sans un arbuste, nul doute qu'ils se fussent écriés désespérément :

« Non!... ce n'est pas encore celui-là! »

Il est vrai, depuis 1831, c'est-à-dire pendant une période de trente et un ans, la nature avait eu le temps de recouvrir ledit îlot de verdoyants massifs...

Le *Portalègre* le ralliait paisiblement, de manière à en doubler la pointe nord, ses voiles à peine gonflées par les dernières brises du soir. Si le vent tombait absolument, force serait de mouiller pour attendre le lever du jour.

Mais, tout à coup, voici qu'un lamentable gémissement se fait entendre à côté du gabarier, qui s'était accoudé sur le bastingage de tribord.

Gildas Trégomain se retourne...

C'est Ben-Omar qui vient de pousser ce gémissement.

Le notaire est pâle, il est livide, il a le cœur sur les lèvres, il a le mal de mer...

Quoi! par ce temps si calme, sur cette baie endormie, sans une ride à sa surface?...

Oui! et qu'on ne s'étonne pas si le pauvre bonhomme est affreusement malade !

En effet, le boutre est pris d'un roulis injustifiable, absurde, inadmissible. Successivement, il donne de bâbord à tribord une bande insensée.

L'équipage se précipite à l'avant, à l'arrière. Le capitaine Barroso accourt...

« Qu'est-ce donc?... demande Juhel.

— Qu'y a-t-il?... » demande le gabarier.

S'agit-il d'une éruption sous-marine, dont les secousses menacent de faire chavirer le *Portalègre?*...

D'ailleurs, ni maître Antifer, ni Zambuco, ni Saouk n'ont l'air de s'en apercevoir.

« Ah!... les éléphants! » s'écrie Juhel.

Oui! ce sont les éléphants qui occasionnent ce roulis. Sous l'empire d'un caprice inexplicable, l'idée leur est venue de se porter alternativement et ensemble sur leurs pattes de derrière, puis sur leurs pattes de devant. Ils impriment au boutre un balancement formidable, qui paraît leur plaire, comme plaît à l'écureuil sa course giratoire dans sa cage tournante. Mais quels écureuils, ces énormes pachydermes !

Le roulis augmente, les bastingages arrivent au ras de l'eau, le boutre risque d'emplir par bâbord ou par tribord...

Barroso et quelques hommes de l'équipage se précipitent dans la cale. Ils essaient de calmer les monstrueux animaux. Cris et coups, rien n'y fait. Les éléphants, brandissant leur trompe, dressant leurs oreilles, agitant leur queue, s'excitent de plus belle, et, de plus belle aussi, le *Portalègre* roule, roule, roule, et l'eau embarque par-dessus le bord.

Ce ne fut pas long. En dix secondes, la mer eut envahi la cale, et le boutre coula par le fond, tandis que s'éteignaient dans l'abîme les cris de ces imprudentes bêtes!

IX

Dans lequel maître Antifer et Zambuco déclarent qu'ils ne quitteront pas, sans l'avoir visité, l'îlot qui leur sert de refuge.

« Enfin... j'ai donc fait naufrage ! » pouvait dire le lendemain l'ex-patron de la *Charmante-Amélie*.

En effet, depuis la veille au soir, après l'engloutissement du boutre par trente à quarante mètres de fond, l'îlot de la baie Ma-Yumba, vers lequel ils se dirigeaient, servait de refuge aux naufragés du *Portalègre*. Personne n'avait péri en cette invraisemblable catastrophe. Nul ne manquait à l'appel, ni parmi les passagers, ni parmi l'équipage. Tous, s'aidant les uns les autres, maître Antifer soutenant le banquier Zambuco, Saouk soutenant Ben-Omar, n'avaient eu que quelques brassées à faire pour atteindre les roches de l'îlot. Seuls, les éléphants avaient disparu au milieu d'un élément pour lequel la nature ne les a point créés. Ils s'étaient bel et bien noyés. Après tout, c'était leur faute. Il n'est pas permis de transformer un houtre en escarpolette.

Le premier cri de maitre Antifer, en débarquant sur l'îlot, avait été :

« Et nos instruments ?... Et nos cartes ?... »

Par malheur, — et c'était une perte irréparable — ni le sextant, ni le chronomètre, ni l'atlas, ni le bouquin de la *Connaissance des Temps* n'avaient pu être sauvés, le sinistre s'étant accompli en quelques secondes. Par bonheur, le banquier et le notaire d'une part, le gabarier de l'autre, portaient dans leur ceinture l'argent du voyage, et les naufragés ne devaient éprouver aucun embarras de ce chef.

Notons que Gildas Trégomain n'avait pas eu de difficulté à se soutenir sur l'eau, le poids du liquide déplacé par son volume étant supérieur à celui de son corps, et, rien qu'en obéissant aux ondulations de la houle, il était venu tranquillement s'échouer, comme un cétacé, sur une grève de sable jaune.

Quant à se sécher, ce fut facile, et les vêtements, après avoir été exposés au soleil pendant une demi-heure, purent être repris en
état de siccité parfaite.

Il y eut cependant une assez désagréable
nuit à passer sous le couvert des arbres, chacun s'abandonnant à ses réflexions particulières. Que l'on fût arrivé aux parages où gisait
l'îlot numéro deux, le dernier document l'indiquait avec trop de précision pour qu'il y eût
doute à cet égard. Mais ce point mathématique
où se croisait le parallèle 3° 17′ sud, et le méridien 7° 23′ est, l'un noté sur la notice de l'îlot
du golfe d'Oman, l'autre conservé dans le coffre
du banquier tunisien, comment le déterminer,
maintenant que Juhel, privé de sextant et de
chronomètre, ne pouvait plus prendre hauteur?

Aussi chacun de ces personnages, suivant
son caractère ou ses aspirations, se disait-il :

Zambuco :

« C'est échouer au port ! »

Maître Antifer :

« Je ne m'en irai pas sans avoir fouillé tous
les îlots de la baie Ma-Yumba, dussé-je y consacrer dix ans de ma vie ! »

Saouk :

« Le coup si bien préparé, et qui manque par suite de cet absurde naufrage ! »

Barroso :

« Et mes éléphants qui n'étaient pas assurés ! »

Ben-Omar :

« Allah nous protège, mais voilà une prime qui m'aura coûté cher, en admettant que je la gagne ! »

Juhel :

« Et, maintenant, rien ne m'empêchera de revenir en Europe près de ma chère Énogate ! »

Gildas Trégomain :

« Ne jamais s'embarquer sur un boutre avec une cargaison d'éléphants facétieux ! »

On ne dormit guère cette nuit-là. Si les naufragés ne souffraient pas du froid, de quelle façon, le lendemain, à l'heure habituelle du déjeûner, répondraient-ils à leurs estomacs qui crieraient la faim ? A moins que ces arbres ne fussent des cocotiers chargés de fruits, et dont on devrait se contenter, faute de mieux, jusqu'au moment où il serait possible de gagner Ma-Yumba ?... Oui, mais comment l'atteindre, cette bourgade, située au fond de la baie, puisqu'elle était distante de cinq à six milles ? Faire des signaux ?... Seraient-ils aperçus ?... Franchir ces six milles à la nage ?... Y avait-il parmi l'équipage du *Portalègre* un homme capable d'y réussir ?... Enfin, le jour venu, on aviserait.

Nulle apparence, d'ailleurs, que cet îlot fût habité — par des créatures humaines s'entend. Quant à certains êtres vivants, bruyants, incommodes, dangereux peut-être grâce à leur nombre, il n'en manquait pas. Gildas Trégomain eut-il la pensée que tous les singes de la création s'étaient donné rendez-vous sur ce point! Pour sûr, on se trouvait dans la capitale du royaume de Jocko... en Jockolie ?...

Aussi, bien que l'atmosphère fût calme, que le ressac battît à peine les grèves, les naufragés ne purent jouir d'une heure de tranquillité sur cet îlot. Le silence fut incessamment troublé, et il y eut impossibilité de dormir.

En effet, un tumulte singulier se produisait autour des arbres. On entendait comme le résonnement des tambours d'une troupe congolaise. Il se faisait des allées et venues rapides sous les ramures, entre les branches, avec des

cris gutturaux de sentinelles enrouées. La nuit
très obscure empêchait de rien voir.

Lorsque le jour reparut, on fut fixé. L'îlot
servait de refuge à une tribu de quadrumanes,
de ces grands chimpanzés, dont le Français
du Chaillu a raconté les prouesses, alors qu'il
leur donnait la chasse à l'intérieur des Guinées.

Et, ma foi, bien qu'ils eussent empêché son
sommeil, Gildas Trégomain ne put qu'admirer
ces magnifiques échantillons d'anthropoïdes.
C'étaient précisément ces jockos de Buffon,
qui sont capables d'exécuter certains travaux
ordinairement réservés à l'intelligence et aux
mains humaines, grands, forts, vigoureux, le
prognathisme de la face peu accusé, les arcades sourcilières présentant une saillie
presque normale. C'est en gonflant leur poitrine et en la frottant avec vigueur qu'ils pro-
duisent ce bruit de tambours.

Au vrai, comment cette bande de singes,
— il y en avait bien une cinquantaine, — avait
élu domicile dans cet îlot, comment elle s'y
était transportée de la terre ferme, comment
elle y trouvait une nourriture suffisante, à
d'autres d'expliquer cet état de choses. Du
reste, ainsi que Juhel ne tarda pas à le recon-

naître, l'îlot, mesurant deux milles de long
sur un mille de large, était recouvert d'arbres
des diverses essences communes à cette latitude tropicale. Nul doute que ces arbres ne
produisissent des fruits comestibles, ce qui
assurait la subsistance de la bande des quadrumanes. Or, en fait de fruits, de racines, de
légumes, ce que des singes mangent, des
hommes doivent le pouvoir manger. C'est ce
dont Juhel, le gabarier et les matelots du *Portalègre* voulurent se rendre compte d'abord.
Après un naufrage, après une nuit sans nourriture, il est permis d'avoir faim et de chercher à se satisfaire, si cela se peut.

Le sol produisait, à l'état sauvage, il est vrai,
quantité de ces fruits et de ces racines.

Les dévorer crus n'est pas très régalant
à moins qu'on ne possède un estomac de
singe. Mais il n'est pas défendu de les faire
cuire, si l'on est en mesure de se procurer du
feu.

Or, n'est-ce donc pas, sinon facile, du moins
possible, quand on a des allumettes de la régie
française? Par bonne chance, Nazim avait re-
nouvelé sa provision à Loango, et l'étui de
cuivre qui la renfermait n'avait point été

mouillé à l'intérieur. Aussi, dès les premières
lueurs de l'aube, un foyer de bois sec pétilla-
t-il sous les arbres du campement.

Les naufragés s'étaient réunis autour de ce
foyer. Maitre Antifer et Zambuco ne décolé-
raient plus. Sans doute, la colère est nourris-
sante, puisqu'ils refusèrent de prendre leur
part de ce déjeuner rudimentaire, auquel on
avait joint quelques poignées de ces noisettes
dont les Guinéens sont très friands.

Mais les chimpanzés s'en régalent aussi, et,
très probablement, ils ne voyaient pas d'un
bon œil ces envahisseurs de leur ilot, ces étrangers qui puisaient à même leurs réserves.
Bientôt, les uns gambadant, les autres immo-
biles, tous s'abandonnant à forces grimaces,
eurent formé un cercle autour de maître Antifer et de ses compagnons.

« Il faut prendre garde! fit observer Juhel à
son oncle. Ces singes sont de vigoureux gaillards, dix fois plus nombreux que nous, et nous
sommes sans armes... »

Le Malouin se souciait bien de ces singes,
vraiment!

« Tu as raison, mon garçon, dit le gabarier.
Voilà des messieurs qui ne me paraissent pas

connaître les lois de l'hospitalité, et leur attitude est menaçante...

— Est-ce qu'il y a quelque danger pour
nous? demanda Ben-Omar.

— Le danger d'être écharpé, tout simplement, » répondit sérieusement Juhel.

Sur cette réponse, le notaire aurait bien
voulu s'en aller, comme on dit... C'était impossible.

Cependant Barroso avait disposé ses hommes
de manière à repousser toute agression. Puis,
Saouk et lui se mirent à conférer à l'écart,
tandis que Juhel les examinait.

Le sujet de leur conversation, on le devine.
Saouk dissimulait mal son irritation à la pensée que ce naufrage imprévu avait fait échouer
le plan convenu. Il fallait en imaginer un autre.
Puisqu'on était arrivé sur les parages de l'ilot
numéro deux, nul doute que le trésor de
Kamylk-Pacha se trouvât sur l'un des îlots de
la baie Ma-Yumba, — celui-ci ou un autre.
Eh bien, ce que Saouk comptait faire après
s'être débarrassé du Français et de ses compagnons, il le ferait ultérieurement avec le
concours de Barroso et de ses hommes... Rien
à tenter en ce moment, d'ailleurs... Bien que

le jeune capitaine n'eût plus d'instruments à
sa disposition, les indications, fournies par la
dernière notice, devaient lui permettre de se
livrer à des recherches dont Saouk n'aurait pu
se tirer.

Tout ceci fut clairement établi par ces deux
coquins, si dignes de s'entendre. Il va de soi
que Barroso serait largement indemnisé par
son complice des pertes qu'il venait de subir,
et que la valeur du boutre, de sa cargaison,
de ses pachydermes, lui serait intégralement
remboursée.

L'essentiel était donc de gagner le plus tôt
possible la bourgade de Ma-Yumba. Précisément, quelques barques de pêche venaient de
se détacher de la côte. On les distinguait aisément. La plus rapprochée ne naviguait pas à
trois milles de l'îlot. Le vent étant faible, elle
n'arriverait guère avant trois ou quatre heures
en vue du campement, d'où on lui ferait des
signaux... La journée ne s'achèverait point
sans que les naufragés du *Portalègre* fussent
installés dans une des factoreries de la bourgade, où ils ne pouvaient rencontrer que bon
accueil et franche hospitalité.

« Juhel... Juhel?... »

10.

Cet appel interrompit brusquement la conversation de Saouk et du Portugais.

C'était maître Antifer qui le proférait, et il fut suivi de ce second appel :

« Gildas... Gildas? »

Le jeune capitaine et le gabarier, qui se tenaient sur la grève afin d'observer la manœuvre des barques de pêche, vinrent aussitôt rejoindre maître Antifer.

Le banquier Zambuco était avec lui, et Ben-Omar, sur un signe, s'approcha.

Laissant Barroso retourner vers ses hommes, Saouk gagna peu à peu du côté du groupe, de manière à pouvoir entendre ce qui allait se dire. Comme il était censé ne point comprendre le français, personne ne songerait à s'inquiéter de sa présence.

« Juhel, dit maître Antifer, écoute bien, car le moment est venu de prendre une détermination. »

Il parlait d'une voix saccadée, en homme qui est arrivé au paroxysme de l'irritabilité.

« Le dernier document porte que l'îlot numéro deux est situé dans la baie Ma-Yumba... Or... nous sommes dans la baie Ma-Yumba... Pas de doute à cela ?...

— Pas de doute, mon oncle.

— Mais nous n'avons plus ni sextant ni chronomètre... puisque ce maladroit de Trégomain, à qui j'avais eu la sottise de les confier, les a perdus...

— Mon ami... dit le gabarier.

— Je me serais plutôt noyé que de les laisser perdre! répondit durement Pierre-Servan-Malo.

— Moi aussi! ajouta le banquier.

— Vraiment... monsieur Zambuco! riposta Gildas Trégomain avec un geste d'indignation.

— Enfin... ils sont perdus, poursuivit maître Antifer, et... faute de ces instruments, Juhel, il te serait impossible de déterminer le gisement de l'îlot numéro deux...

— Impossible, mon oncle, et, à mon avis, la seule détermination qui soit sage, c'est de se rendre à Ma-Yumba dans une de ces chaloupes, de retourner à Loango par terre, et d'embarquer sur le premier paquebot qui fera escale...

— Cela... jamais! » répondit maître Antifer.

Et le banquier, comme un écho fidèle, répéta :

— Jamais! »

Ben-Omar les regardait l'un après l'autre, remuant la tête à la façon des idiots, tandis que Saouk écoutait sans avoir l'air de comprendre.

« Oui... Juhel... nous irons à Ma-Yumba... mais nous y séjournerons au lieu de partir pour Loango... Nous y resterons le temps qui sera nécessaire — tu m'entends bien — pour visiter les îlots de la baie... tous...

— Quoi, mon oncle ?...

— Ils ne sont pas nombreux... cinq ou six... et fussent-ils cent, fussent-ils mille, que je les visiterais l'un après l'autre!

— Mon oncle... ce n'est pas raisonnable...

— Très raisonnable, Juhel! C'est l'un d'eux qui renferme le trésor... Le document indique même l'orientation de la pointe où il a été enterré par Kamylk-Pacha...

— Que le diable emporte !... murmura Gildas Trégomain.

— Avec de la volonté, de la patience, reprit maître Antifer, nous finirons par découvrir l'endroit qui est marqué d'un double K...

— Et si nous ne le trouvons pas, cet endroit ?... demanda Juhel.

— Ne dis pas cela, Juhel! s'écria maître Antifer. Par le Dieu vivant, ne dis pas cela! »

Et, dans un accès d'indescriptible fureur, ses dents broyèrent le caillou qui roulait entre ses mâchoires. Jamais il n'avait été plus près d'être frappé d'une congestion cérébrale.

Juhel ne crut pas devoir résister à pareil entêtement. Les recherches qui, selon lui, n'aboutiraient point, n'exigeraient pas plus d'une quinzaine de jours. Lorsque maître Antifer serait convaincu qu'il n'avait plus rien à espérer, il faudrait, bon gré mal gré, qu'il prît son parti de revenir en Europe. Aussi Juhel répondit-il :

« Soyons prêts à embarquer sur cette chaloupe de pêche, dès qu'elle aura atterri...

— Pas avant d'avoir visité cet îlot, répondit maître Antifer, car... enfin... pourquoi ne serait-ce pas celui-ci? »

Observation logique, après tout. Qui sait si les chercheurs de trésor n'étaient pas arrivés au but, si le hasard n'avait pas fait ce qu'ils ne pouvaient plus faire faute de sextant et de chronomètre? Chance très invraisemblable, dira-t-on? Soit! Mais, à la suite de tant de

contrariétés, de fatigues, de périls, pourquoi
le Dieu de la fortune ne se serait-il pas montré favorable à ses opiniâtres adorateurs?

Juhel ne risqua aucune objection, et le
mieux, en somme, était de ne point perdre de
temps. Il fallait opérer la reconnaissance de
l'ilot avant que la chaloupe de pêche l'eût accosté. Lorsqu'elle serait près des roches, il
était à craindre que l'équipage du boutre ne
voulût embarquer aussitôt, ayant hâte de se
refaire substantiellement dans une des factoreries de Ma-Yumba. Comment obliger ces
hommes à subir un retard dont on ne leur dirait pas la cause? Quant à leur faire connaître
l'existence du trésor, jamais, puisque c'eût
été livrer le secret de Kamylk-Pacha!

Rien de plus juste, mais, au moment où
maître Antifer et Zambuco, accompagnés de
Juhel et de Gildas Trégomain, du notaire et de
Nazim, se disposeraient à quitter le campement, Barroso et ses gens n'en éprouveraient-
ils pas quelque étonnement, et ne seraient-ils
pas tentés de les suivre?...

C'était une difficulté très sérieuse. En cas
que le trésor fût découvert, quelle serait
l'attitude de cet équipage s'il assistait à cette

exhumation de trois barils, contenant des millions en or, diamants et autres pierres précieuses? N'y avait-il pas de quoi pousser aux
scènes de violence et de dilapidation un ra-
massis d'aventuriers qui ne valaient pas la
corde pour les pendre? Deux fois plus nombreux que le Malouin et ses compagnons, ils
auraient vite fait de les maîtriser, de les mal-
traiter, de les massacrer! A coup sûr, ce
n'était pas leur capitaine qui essaierait de les
contenir! Il les exciterait plutôt, et saurait bien
s'adjuger la part du lion dans cette affaire!

Mais obliger maître Antifer à n'agir qu'avec
la plus extrême prudence, lui donner à comprendre que mieux valait perdre quelques
jours, qu'il fallait d'abord gagner Ma-Yumba
avec l'équipage du *Portalègre*, y procéder à
une installation quelconque, puis, le lendemain, revenir à l'ilot dans une barque frétée
ad hoc, après s'être débarrassé de ces hommes
à bon droit suspects, voilà qui n'était rien
moins que facile... L'oncle de Juhel se refuserait à entendre raison... Jamais on ne pourrait
le contraindre à partir, tant qu'il n'aurait pas
visité l'ilot... Aucune considération ne l'arrê-
terait...

Il s'ensuit donc que le gabarier fut envoyé promener, et de la belle manière, lorsqu'il présenta ces très justes observations à son intraitable ami, lequel termina sa bordée par ces deux mots :

« En route !

— Je t'en prie...

— Reste, si tu le veux... Je n'ai pas besoin de toi...

— Un peu de prudence...

— Viens... Juhel. »

Et il fallut obéir.

Maître Antifer et Zambuco avaient quitté le campement. Gildas Trégomain et Juhel se mirent en mesure de les suivre. Toutefois les hommes du boutre ne se préparèrent point à leur emboîter le pas. Barroso lui-même ne parut pas vouloir s'inquiéter du motif pour lequel ses passagers quittaient la place.

A quoi tenait cette réserve ?...

A ceci : c'est que Saouk avait entendu tout cet entretien, et, ne voulant ni retarder ni empêcher les recherches, il n'avait eu qu'un mot à dire au capitaine portugais.

Barroso était donc revenu vers son équipage, auquel il avait donné l'ordre d'attendre en cet endroit l'arrivée des chaloupes de pêche, et de ne point s'écarter du campement.

Cela fait, sur un signe de Saouk, Ben-Omar se mit en marche, afin de rejoindre maître Antifer, qui ne pouvait s'étonner de se voir suivi du notaire flanqué de son clerc Nazim.

X

Dans lequel les nez de maître Antifer
et du banquier Zambuco finissent par s'allonger
démesurément.

Il était à peu près huit heures du matin, à
en juger par l'élévation du soleil au-dessus de
l'horizon — un « à peu près » dont il fallait
se contenter, les montres des naufragés étant
arrêtées pour cause d'immersion.

Si les hommes de Barroso n'avaient point
suivi les chercheurs, il n'en fut pas ainsi des
quadrumanes.

Une douzaine de ces chimpanzés se déta-
cha de la bande, avec l'évidente intention de
faire escorte aux intrus qui se permettaient
d'explorer leur îlot.

Les autres étaient restés autour du campement.

Tout en marchant, le gabarier lançait des regards obliques à ces farouches gardes du corps, qui lui répondaient par d'abominables grimaces, sans compter les gestes menaçants, accompagnés de cris rauques.

« Évidemment, pensait-il, ces bêtes conversent entre elles... Je regrette de ne pouvoir les comprendre... Il y aurait plaisir à causer dans leur langue ! »

Excellente occasion, en effet, de faire des observations philologiques, de s'assurer si, comme le prétend actuellement l'Américain Garner, les singes ont des signes vocaux qui leur servent à exprimer diverses notions, tels *whouw* pour la nourriture, *cheny* pour la boisson, *iegh* pour prendre garde, enfin, si, dans le langage simien, a et o manquent, si i est rare, si e et ê sont peu employés, si u et *ou* servent de voyelles fondamentales [1].

On ne l'a point oublié, le document trouvé sur l'îlot du golfe d'Oman, qui donnait les coordonnées de l'îlot de la baie Ma-Yumba, précisait l'endroit où il fallait chercher ce signe

1. M. Garner, naturaliste américain, est allé étudier sur place la langue simienne, et s'est imposé de vivre, pendant quelques mois dans les forêts de la Guinée, de la vie des singes.

du double K indiquant la place du trésor.

Sur le premier ilot, c'était à l'amorce d'une pointe méridionale, d'après les instructions contenues dans la lettre de Kamylk-Pacha au père de maitre Antifer, que les fouilles devaient être pratiquées et qu'elles l'avaient été.

Sur le deuxième ilot, le document indiquait, au contraire, que c'était l'une des pointes septentrionales, dont l'une des roches portait le monogramme.

Or, c'était dans la partie sud que les naufragés avaient débarqué après le naufrage. Il y avait donc lieu de se porter vers le nord — ce qui exigeait une marche d'environ deux milles.

Le groupe prit cette direction, maître Antifer et Zambuco en tête, Ben-Omar et Nazim en seconde ligne, Gildas Trégomain et Juhel à l'arrière-garde.

Que les deux héritiers fussent en avant du groupe, cela ne saurait surprendre. Ils cheminaient d'un pas rapide, sans échanger une parole, et n'eussent permis à aucun de leurs compagnons de les devancer.

Le notaire lançait de temps à autre un regard inquiet sur Saouk. Il ne doutait pas que celui-ci n'eût préparé quelque mauvais coup, de concert avec le capitaine portugais. Une pensée ne le quittait pas, d'ailleurs. C'est que si le trésor échappait au Malouin, son tant pour-cent risquait fort de prendre la même route. Une ou deux fois, il essaya de pressentir Saouk; mais Saouk, l'œil sombre, la physionomie farouche, se sentant peut-être surveillé par Juhel, ne lui répondit pas.

En effet, la défiance de Juhel s'aggravait singulièrement à voir l'attitude de Ben-Omar vis-à-vis de Nazim. Même dans les études d'Alexandrie, il est inadmissible que ce soit le clerc qui commande et le notaire qui obéisse, et, à n'en pas douter, il en était ainsi de ces deux personnages.

Quant au gabarier, il ne s'occupait que des singes. Parfois, sa bonne et avenante figure répondait à leurs grimaces, son œil se fermant, son nez se retroussant, ses lèvres s'arrondissant. Nanon et Énogate ne l'auraient pas reconnu, alors qu'il s'abandonnait à ces distorsions simiesques.

Énogate!... Ah! la pauvre enfant! Certes, en ce moment, elle pensait à son fiancé, puisqu'elle y pensait toujours! Mais que, ce jour même, Juhel, réduit à l'état de naufragé, en fût à marcher au milieu d'une escorte de chimpanzés, jamais, non, jamais, elle n'eût pu imaginer cela !

Sous cette latitude et à cette époque de l'année, le soleil décrit un demi-cercle de l'est à l'ouest, en passant presque au zénith. Il en résulte que ce ne sont pas des rayons obliques, mais des rayons perpendiculaires qu'il projette sur ces territoires. Elle est donc bien nommée, la zone torride, cette zone où on est littéralement torréfié depuis l'aube jusqu'au crépuscule !

« Et ces farceurs-là qui n'ont pas l'air d'avoir chaud ! se disait le gabarier en observant la douzaine de quadrumanes qui se démenait pour évoluer sur les flancs du groupe. C'est à vous donner envie d'être singe ! »

Peut-être, afin d'échapper à cette averse de rayons solaires, eût-il mieux valu cheminer à l'ombre des arbres ? Mais ces massifs, composés de troncs ramifiés très bas, semblaient être impénétrables. A moins d'être quadrumane — ainsi que Gildas Trégomain en manifestait le désir, — et de pouvoir circuler entre les branches, il eût été à peu près impossible

de s'y frayer un passage. Aussi était-ce le long
du littoral que remontaient maître Antifer et
ses compagnons, circulant autour des criques,
évitant de hautes roches dressées çà et là
comme des menhirs, trébuchant au milieu
d'un invraisemblable éboulis de pierres, lorsqu'ils ne pouvaient suivre les grèves sablon-
neuses déjà recouvertes par la marée mon-
tante. N'est-ce pas là le difficile chemin, dur
aux pieds, rude à la marche, qui conduit à la
fortune? Ils suaient sang et eau, et, qu'on en
convienne, ce ne serait pas trop, s'ils devaient
être finalement payés d'un millier de francs
par chaque pas qui les rapprochait du but.

Une heure après avoir quitté le campement,
on n'avait franchi qu'un mille, soit la moitié
de la distance à parcourir. De cet endroit,
les pointes septentrionales de l'îlot étaient
visibles. Trois ou quatre s'en détachaient.
Quelle était la bonne? A moins d'une chance
exceptionnelle, ce ne serait probablement pas
celle que l'on visiterait tout d'abord, et que de
fatigues réservait cette recherche sous les
feux de la méridienne!

Le gabarier était à bout.

« Reposons-nous un instant! supplia-t-il.

« — Pas une minute ! répondit maître Antifer.

— Mon oncle, fit observer Juhel, monsieur Trégomain est en pleine fusion...

— Eh bien, qu'il fonde !

— Merci, mon ami ! »

Et, sur cette réponse, Gildas Trégomain, qui ne voulait pas demeurer en arrière, se remit en marche. Mais, s'il arrivait au terme du voyage, ce serait métamorphosé en un ruisseau qui s'en irait tout bouillonnant à travers les extrêmes roches de l'ilot.

Il fallut encore une demi-heure pour atteindre la place d'où se détachaient les quatre pointes. Les difficultés furent alors plus grandes, et l'on put croire à des obstacles insurmontables. Quel indescriptible chaos d'énormes galets, de silex aux arêtes tranchantes, sur lesquelles une chute eût entrainé de graves blessures ! Vraiment, l'endroit avait été bien choisi, et Kamylk-Pacha avait eu la main heureuse pour cacher un trésor que lui eussent envié les rois de Bassora, de Bagdad et de Samarkande !

En cet endroit finissait la partie boisée de l'ilot. Il fut évident que MM. les chimpanzés n'avaient pas l'intention d'aller au delà. Ces animaux ne quittent pas volontiers l'abri des arbres, et le fracas des lames mugissantes est sans attrait pour eux. Probablement, ce mot qui signifie « poésie », le naturaliste américain Garner aura quelque peine à le découvrir dans leur langue incomplète.

Lorsque l'escorte s'arrêta à la limite des arbres, ce ne fut pas sans avoir manifesté des intentions peu conciliantes, hostiles même, à l'égard de ces étrangers, en train de poursuivre leur exploration jusqu'à l'extrémité de l'îlot. Quels hurlements féroces ils poussèrent ! Avec quelle violence ils se raclèrent la poitrine ! L'un d'eux ramassa des pierres, et les lança d'un bras vigoureux. Or, comme il fut imité par les autres, maître Antifer et ses compagnons ne risquaient rien moins que d'être lapidés. Et c'est probablement ce qui se fût produit, s'ils avaient eu l'imprudence de riposter, puisqu'ils n'égalaient leurs agresseurs ni en force ni en nombre.

« Ne répondons pas... ne répondons pas ! s'écria Juhel, en voyant Gildas Trégomain et Saouk ramasser des projectiles.

— Pourtant... fit le gabarier, dont le chapeau venait d'être enlevé d'un coup de pierre.

11.

— Non, monsieur Trégomain, éloignons-nous, et nous serons en sûreté, puisque ces singes ne veulent pas aller plus loin ! »

C'était le meilleur parti à prendre. Une cinquantaine de pas au delà, tous furent hors de portée des pierres.

Il était alors dix heures et demie. On voit quel temps avait nécessité cette marche de deux milles le long du littoral. Au nord, les pointes s'avançaient en mer de cent cinquante à deux cents mètres. Ce fut la plus longue dans la direction du nord-ouest que maître Antifer et Zambuco résolurent de visiter en premier lieu.

Rien d'aride comme cet entassement de roches, les unes solidement enchâssées par leur base dans un sol sablonneux, les autres éparses et roulées par les grands coups de mer pendant la mauvaise saison. Aucune trace de végétation, du reste, pas même de ces lichens qui veloutent les blocs humides. Nulle grappe de ces varechs si abondants sur les rivages des zones tempérées. Aussi, rien à craindre en ce qui concernait le monogramme de Kamylk-Pacha. Gravé trente et un ans avant sur un des rochers de cette pointe, on le retrouverait certainement intact.

Voici donc nos explorateurs recommençant des recherches identiques à celles qu'ils avaient faites sur l'ilot du golfe d'Oman. C'est à ne pas le croire, mais les deux héritiers, dominés par leur passion, semblaient ne point souffrir des fatigues de cette pénible marche ni des ardeurs du soleil. De même Saouk, lequel, dans l'intérêt de son patron — eût-on pu penser qu'il agissait dans le sien? — procédait avec un zèle infatigable.

Le notaire, lui, assis entre deux roches, ne bougeait pas, ne parlait pas. Si l'on découvrait le trésor, il serait toujours temps d'intervenir pour réclamer le tantième auquel il avait droit, étant présent, ainsi que le lui imposait sa qualité d'exécuteur testamentaire. Et, par Allah! il ne serait pas trop payé, eu égard aux tribulations qu'il endurait depuis trois longs mois, aux dangers dont il ne s'était pas tiré sans peine!

Il va de soi que, sur l'ordre de Pierre-Servan-Malo, Juhel demeuré près de lui, se livrait méthodiquement sur le sol aux plus minutieux examen.

« Il n'est guère probable, se disait-il, que nous trouvions ici la niche aux millions. Premièrement, il faut que le trésor ait été enfoui sur cet îlot et non sur un des autres ilots de la baie. Deuxièmement, il faut que ce soit sur cette pointe. Troisièmement, il faut que nous découvrions, au milieu de cet amas de roches, celle qui porte le double K... Mais enfin, si toutes ces circonstances se rencontrent, si ce n'est pas quelque mystification de cet abominable pacha, si je mets la main sur le monogramme, est-ce qu'il ne serait pas raisonnable de n'en rien dire?... Mon oncle renoncerait à cette déplorable idée de nous marier, moi, avec quelque duchesse, elle, ma chère Énogate, avec quelque duc en disponibilité!... Eh bien, non! mon oncle ne se relèverait pas d'un coup pareil.. Il perdrait la raison... J'aurais sur la conscience une mauvaise action... Il faut aller jusqu'au bout! »

Et tandis que Juhel se livrait à ces réflexions, le gabarier, assis sur un quartier de roche, les bras ballants, les jambes pendantes, les joues ruisselantes, soufflait comme un phoque qui reparaît à la suite d'une immersion prolongée...

Cependant les investigations se poursuivaient sans donner aucun résultat. Maître Antifer, Zambuco, Juhel et Saouk regardaient, palpaient ceux des blocs qui, grâce à leur disposition, à leur orientation, pouvaient porter le précieux monogramme. En vain deux fatigantes heures furent-elles consacrées à cette opération jusqu'à l'extrémité de la pointe. Rien... rien!... Et en effet, comment serait-il venu à l'idée de choisir une place exposée à l'usure du ressac ou aux violences des houles du large? Non! Aussi, après les recherches achevées sur cette pointe, faudrait-il les reprendre sur les autres!... Soit! On les reprendrait... le lendemain... et maître Antifer recommencerait son travail sur un autre îlot s'il échouait sur celui-ci... Il n'abandonnerait pas son œuvre, non! de par tous les saints qui figuraient à son acte de baptême!

Enfin, n'ayant trouvé aucun indice, le groupe remonta la pointe, examinant encore de ci de là les quartiers de roche épars sur le sable... Rien... rien!

A présent, il ne restait plus qu'à revenir, à s'embarquer dans l'une des chaloupes qui devaient avoir rallié le campement, à gagner la bourgade de Ma-Yumba, afin de se livrer à de nouvelles opérations sur un autre îlot.

Lorsque maître Antifer, le banquier Zambuco, Juhel et Saouk furent de retour à la naissance de la pointe, ils aperçurent le gabarier et le notaire toujours à la même place.

Maître Antifer et Zambuco, sans prononcer une parole, se dirigèrent vers la lisière du bois, où les chimpanzés attendaient le moment de recommencer quelques démonstrations hostiles.

Juhel rejoignit Gildas Trégomain.

« Eh bien?... demanda celui-ci.

— Pas trace d'un double ni même d'un simple K !

— Alors... c'est à reprendre... ailleurs?...

— Comme vous dites, monsieur Trégomain. Relevez-vous et revenons au campement...

— Me relever?... J'y consens, si je le puis!... Voyons!... un peu d'aide, mon garçon! »

Et ce ne fut pas trop du bras vigoureux de Juhel pour aider Gildas Trégomain à se remettre sur ses pieds.

Ben-Omar était déjà debout près de Saouk.

Maître Antifer et Zambuco marchaient à une vingtaine de pas en avant. Des gestes et des clameurs, les quadrumanes venaient de passer aux actes. Nombre de pierres volèrent de nouveau, et il fallut se tenir sur la défensive.

Est-ce que, décidément, ces maudits singes voulaient empêcher maître Antifer et ses compagnons de rejoindre Barroso et l'équipage au campement ?...

Soudain, un cri se fait entendre. C'est Ben-Omar qui l'a poussé... A-t-il donc été atteint par une pierre en quelque partie sensible de sa personne ?...

Non!... ce n'est point un cri de douleur qui lui est échappé... c'est un cri de surprise, — presque un cri de joie.

Tous se sont arrêtés. Le notaire, la bouche ouverte, les yeux plissés, tendait la main vers Gildas Trégomain...

« Là... là !... répète-t-il.

— Que signifie ?... demande Juhel. Est-ce que vous devenez fou, monsieur Ben-Omar?

— Non... là... le K... le double K! » répond le notaire d'une voix étranglée par l'émotion.

A ces mots, maître Antifer et Zambuco se reportent rapidement en arrière.

« Le K... le double K ?... s'écrient-ils.

— Oui !

— Où?... »

Et ils cherchent du regard la roche sur laquelle, à en croire Ben-Omar, est gravé le monogramme de Kamylk-Pacha. Rien... ils ne voient rien !

« Mais où,.. animal?... répète le Malouin, d'un ton gros d'inquiétude et de fureur.

— Là ! » répéta une dernière fois le notaire.

Et sa main désigne le gabarier, qui vient de faire un demi-tour en haussant les épaules.

« Voyez... sur son dos ! » s'écrie Ben-Omar.

En effet, la vareuse de Gildas Trégomain laisse apparaître très visiblement le dessin d'un double K. Plus de doute, la roche contre laquelle il était appuyé, portait le monogramme dont le dos du digne homme a conservé l'empreinte.

Maître Antifer bondit, il saisit le gabarier par le bras, il le somme de revenir à l'endroit où il s'est assis...

On les suit, et, moins d'une minute après, tous sont en présence d'un gros bloc à la surface duquel le monogramme tant cherché est encore parfaitement lisible.

Non seulement Gildas Trégomain s'était adossé contre la roche signée du double K,

mais il s'était étendu à la place même où repo-
sait le trésor...

Personne ne prononce une seule parole. On
se met à l'ouvrage. Faute d'outils, la besogne
ne laissera pas d'être difficile. De simples cou-
teaux seront-ils suffisants pour creuser cette
substance rocheuse?... Oui... quand on devrait
s'y briser les ongles, s'y user les doigts !...

Heureusement, les pierres, érodées sous
l'action du temps, peuvent être disjointes
sans trop de peine. Une heure de travail, et
on aura découvert les trois barils... Il n'y aura
plus qu'à les transporter au campement, puis
à Ma-Yumba... Il est vrai, ce transport sera
probablement difficile, et comment pourrait-il
s'effectuer à l'abri des soupçons?...

Bah! qui songe à cela?... Le trésor d'abord,
le trésor exhumé de cette tombe où il est enterré
depuis un tiers de siècle, et on avisera ensuite...

Maître Antifer travaillait de ses mains sai-
gnantes. Il n'aurait pas voulu abandonner à un
autre cette jouissance de sentir, de palper les
cercles de ces précieux barils...

« Enfin! » s'écrie-t-il, au moment où son
couteau vient de s'ébrécher sur une surface
métallique...

Quel cri il pousse alors!... Dieu tout puissant!... Ce n'est pas la joie, c'est la stupéfaction, c'est le désappointement, qui se lisent sur son visage effrayant de pâleur...

A la place des barils indiqués dans le testament de Kamylk-Pacha, il n'y avait qu'une boîte de fer, — une boîte semblable à celle qui avait été recueillie sur l'îlot numéro un, portant le monogramme.

« Encore !... ne peut s'empêcher de crier Juhel.

— Ce n'était décidément qu'une mystification! » murmure Gildas Trégomain.

La boîte a été retirée de la fosse, et maître Antifer l'ouvre violemment...

Un document apparaît, un vieux parchemin jauni par l'âge, sur lequel étaient tracées ces lignes que maître Antifer lut à haute voix.

« Longitude de l'îlot numéro trois : quinze degrés onze minutes est. Après avoir été relevée par les colégataires Antifer et Zambuco, cette longitude devra être portée et communiquée, en présence du notaire Ben-Omar, au sieur Tyrcomel, esquire, Édimbourg, Écosse, lequel possède la latitude de ce troisième îlot. »

Ainsi donc, ce n'est pas dans les parages de la baie Ma-Yumba que le trésor a été enfoui!... Il faut l'aller chercher sur un autre point du globe en combinant cette nouvelle longitude avec la latitude dudit Tyrcomel d'Édimbourg!... Et ils ne seront plus deux à se partager l'héritage de Kamylk-Pacha, ils seront trois!

« Et pourquoi, s'écrie Juhel, de ce troisième îlot ne nous renverrait-on pas à vingt autres... à cent autres?... Ah çà! mon oncle, est-ce que vous serez assez entêté... assez... simple pour courir le monde entier?...

— Sans compter, ajoute Gildas Trégomain, que si Kamylk-Pacha a institué des légataires par centaines, le legs ne vaudra plus la peine qu'on se dérange! »

L'oncle regarde son ami et son neveu en dessous, brise son caillou d'un coup de mâchoire, et répond :

« Silence dans le rang !... Ce n'est pas fini! »

Et reprenant le document, il en lit les dernières lignes ainsi conçues :

« Dès à présent, toutefois, pour prix de leur peine et pour les indemniser de leurs débours, les colégataires s'attribueront chacun un des deux diamants déposés dans cette boîte, et dont la valeur est insignifiante, comparée à celle des autres pierres précieuses qu'ils sont appelés à recueillir... »

Zambuco s'est jeté sur la boîte qu'il arrache des mains de maître Antifer.

« Des diamants ! » s'écrie-t-il.

Et, en effet, il y a là deux cabochons magnifiques, pouvant valoir, — le banquier s'y connaît, — cent mille francs chacun.

« C'est toujours cela ! dit-il en prenant un des diamants, laissant l'autre à son cohéritier.

— Une goutte d'eau dans la mer ! » répond celui-ci, qui fourre le diamant dans son gousset et le document dans sa poche.

« Hé ! hé !... fait le gabarier en remuant la tête, cela devient plus sérieux que je ne pensais !... Faudra voir... faudra voir !... »

Mais Juhel se contente de lever les épaules. Quant à Saouk, il se ronge les poings à la pensée qu'il ne retrouvera jamais une occasion si favorable !

En ce qui concerne Ben-Omar, qui n'a pas eu le plus petit brillant pour sa part, malgré l'intervention que lui impose une fois de plus

cette dernière notice, les traits tirés, la figure
décomposée, les bras mous, les genoux inflé-
chis, il offre l'apparence d'un sac à demi vide
qui va s'aplatir sur le sol.

Il est vrai, Saouk et lui ne sont plus maintenant dans les conditions où ils se trouvaient :
1° quand ils avaient quitté Saint-Malo, ignorant
qu'ils allaient à Mascate ; 2° quand ils avaient
quitté Mascate, ignorant qu'ils allaient à
Loango. Emporté par un regrettable mouvement, maître Antifer a laissé échapper un secret qu'il aurait dû cacher rigoureusement.
Tous ont entendu l'énoncé de cette nouvelle
longitude : quinze degrés onze minutes est...
Tous connaissent le nom du sieur Tyrcomel,
esquire, demeurant à Édimbourg, Écosse...

On peut être certain qu'à défaut de Ben-
Omar, Saouk a déjà gravé ces chiffres et cette
adresse dans sa mémoire, en attendant qu'il
puisse les inscrire sur son carnet. Aussi maître
Antifer et le banquier Zambuco auront-ils
grand soin de ne perdre de vue ni le notaire
ni son clerc à moustaches, et ne se laisseront-
ils pas devancer par eux dans la seconde capitale de la Grande-Bretagne.

Sans doute, il y avait lieu de croire que

Saouk n'a pas compris, puisqu'il ne sait pas le français, mais il n'était pas douteux que Ben-Omar lui révélerait ce secret.

Et d'ailleurs, Juhel n'est pas sans avoir remarqué que Nazim n'a point dissimulé un sentiment de curiosité satisfaite, lorsque les chiffres de la longitude et le nom de Tyrcomel se sont si imprudemment échappés des lèvres de maître Antifer.

Après tout, qu'importe! Ce serait insensé, à son avis, de se soumettre, une troisième fois, aux fantaisies posthumes de Kamylk-Pacha. Ce qu'il faut faire, c'est revenir à Loango et profiter du premier bâtiment de passage pour rentrer dans la bonne ville de Saint-Malo...

Telle est la sage et logique proposition que Juhel communique à son oncle.

« Jamais!... répond maître Antifer. Le pacha nous envoie en Écosse, nous irons en Écosse, et dussè-je consacrer le restant de ma vie à faire des recherches...

— Ma sœur Talisma vous aime trop pour ne pas vous attendre, fût-ce dix ans!... ajoute le banquier.

— Diable! pense Gildas Trégomain. Cette demoiselle approcherait alors de la soixantaine! »

Toutes observations sont inutiles. Maître Antifer a pris son parti. Il continuera de courir après le trésor. Et, pourtant, l'héritage du riche Égyptien sera réduit de la moitié au tiers pour chacun, grâce à la participation du sieur Tyrcomel !...

Eh bien, Énogate se contentera d'épouser un comte, et Juhel une comtesse !

XI

Dans lequel maître Antifer et ses compagnons
assistent à un sermon du révérend Tyrcomel, qui n'est
pas pour leur faire plaisir.

« Oui, mes frères, oui, mes sœurs, la possession des richesses conduit fatalement au
crime d'en abuser! Elle est la principale, pour
ne pas dire l'unique cause de tous les maux
qui désolent ce bas monde! L'appétit de l'or
ne peut amener que les plus regrettables dé-
règlements de l'âme! Imaginez une société
dans laquelle il n'y aurait ni riches ni
pauvres!... Que de malheurs, afflictions, cha-
grins, désordres, catastrophes, débâcles, dé-
sarrois, tribulations, sinistres, angoisses,
calamités, infortunes, désenchantements, dé-
sespoirs, désolations, ruines, seraient épargnés
aux humains! »

Le loquace clergyman s'était élevé à la plus haute éloquence, en entassant ce monceau de synonymes, à peine suffisants pour exprimer les diverses éventualités où s'engendrent les misères terrestres. Il aurait pu en lancer bien d'autres encore à la surface de ce torrent oratoire qu'il précipitait du haut de la chaire sur la tête de ses auditeurs. Il faut lui savoir gré d'avoir endigué sa faconde — sous ce rapport du moins.

C'était dans la soirée du 25 juin, à Tron Church, dont une portion fut démolie pour l'élargissement du carrefour de High-street, que le révérend Tyrcomel, de l'*Église libre d'Écosse*, prêchait ainsi devant un auditoire visiblement accablé de ses lourdes périodes. Après l'avoir entendu, nul doute que les fidèles n'allassent vider leur coffre-fort et jeter toutes les valeurs qu'il contenait dans les eaux du golfe de Forth, lequel arrose, à deux milles de là, les rives septentrionales du Mid-Lothian, le célèbre comté dont Édimbourg, cette Athènes du nord, s'enorgueillit d'être la capitale.

Il y avait déjà une heure que le révérend Tyrcomel prêchait sur ce sujet pour la plus grande édification des ouailles de la paroisse.

12

Il ne paraissait point las de parler, et on ne semblait point las de l'entendre. Dans ces conditions, quel motif un sermon aurait-il de jamais finir? Celui-ci ne finit donc pas, — en ce moment du moins, — et le prédicateur reprit de la sorte :

« Mes frères et mes sœurs, l'Évangile a dit: *Beati pauperes spiritu*, profond axiome dont les mauvais plaisants, aussi irréligieux qu'ignorants, s'ingénient encore à changer le sens. Non! Il ne s'agit pas de ceux qui sont « pauvres d'esprit », des imbéciles en un mot, mais de ceux qui se font « pauvres en esprit », et dédaignent ces abominables richesses, source de tant de mal dans les sociétés modernes. Aussi l'Évangile vous commande-t-il de n'éprouver envers la fortune que mésestime et mépris, et si, par malheur, vous êtes affligés des biens de ce monde, si l'argent s'entasse dans vos caisses, si l'or vous afflue à pleines mains, mes sœurs... »

Ici, une puissante image qui fait courir des frissons sous les mantelets des dames de l'attentif auditoire.

« ... Si les diamants, les pierres précieuses s'attachent à vos cous, à vos bras, à vos doigts,

comme une éruption malsaine, si vous êtes
parmi celles qu'on appelle les heureuses du
jour, je dis, moi, que vous en êtes les malheu-
reuses, et j'ajoute que votre maladie doit être
traitée par les moyens les plus énergiques,
fût-ce le fer ou le feu! »

On sentit un frémissement à travers l'assistance, comme si le bistouri du chirurgien
eût fouillé ces plaies mises à nu par l'orateur.

Mais, ce qu'il y avait d'original dans le trai-
tement qu'il prétendait appliquer à tous les
pauvres gens affligés du météorisme des
richesses, c'est qu'il leur ordonnait de s'en
débarrasser matériellement, — en d'autres
termes, de les détruire. Il ne disait point :
Distribuez votre fortune aux misérables! Dé-
possédez-vous au profit de ceux qui ne possèdent point! Non! ce qu'il prêchait, c'était
l'anéantissement de cet or, de ces diamants,
de ces titres de propriétés, de ces actions
industrielles ou commerciales, c'était leur
complète disparition, dût-on les brûler ou les
jeter à la mer.

Pour s'expliquer l'intransigeance de ces
doctrines, il convient de connaître à quelle

secte religieuse appartenait le fougueux Tyrcomel, esquire.

L'Écosse, divisée en un millier de paroisses,
comprend des sessions ecclésiastiques, des
synodes, une cour suprême, pour l'administration et l'exercice du culte national. Mais,
en dehors de ce nombre déjà respectable,
comme toutes les autres religions sont tolérées
dans le Royaume-Uni, on compte quinze cents
églises appartenant aux dissidents, quelle que
soit leur dénomination, catholiques, baptistes,
épiscopaux, méthodistes, etc. De ces quinze
cents églises, plus de la moitié relève de l'*É-
glise libre d'Écosse* — *Free Church of
Scotland*, — laquelle, vingt ans avant, venait
de rompre ouvertement avec l'Église pres-
bytérienne de la Grande-Bretagne. Et à quel
propos?... Uniquement, parce qu'elle ne la
trouvait pas assez imprégnée du véritable esprit calviniste, disons assez puritaine.

Or, précisément, le révérend Tyrcomel prêchait au nom de la plus farouche de ces sectes
qui n'admettent aucun compromis avec les
usages et les mœurs. Il se croyait envoyé par
Dieu, lequel lui avait confié un des faisceaux
de son tonnerre, afin qu'il en foudroyât les

riches ou tout au moins leurs richesses, et, on le voit, il n'y allait pas de main morte.

C'était, au moral, une sorte d'illuminé, aussi sévère pour lui-même que pour les autres. C'était, au physique, un homme de cinquante ans, grand, maigre, figure émaciée, face glabre, une flamme dans le regard, la physionomie d'un apôtre, la voix pénétrante d'un frère prêcheur. Son entourage le disait inspiré du souffle du Très-Haut. Cependant, si les fidèles se pressaient à ses sermons, si on l'écoutait avec ardeur, il n'est pas prouvé qu'il eût jamais fait nombre de prosélytes, et peu ou point s'étaient jusqu'alors décidés à mettre ses doctrines en pratique par le dépouillement absolu des biens terrestres.

Aussi, le révérend Tyrcomel redoublait-il d'efforts, accumulant sur la tête de l'auditoire ces nuages chargés d'électricité d'où jaillissaient les foudres de son éloquence.

Le sermon continua de plus belle, et les tropes, les métaphores, les antonymies, les épiphonèmes, pétris par une imagination fulgurante, y pullulèrent avec une incomparable audace. Mais si les têtes se courbaient, les poches n'éprouvaient guère, semble-t-il, le

12.

besoin de se vider dans les eaux du Forth.

Évidemment, l'assistance, qui remplissait la nef de Tron Church, ne perdait pas un mot du sermon de cet énergumène, et, si elle ne se hâtait point de se conformer à ses doctrines, ce n'était pas faute de l'avoir compris. Il convient cependant d'en excepter cinq auditeurs, ne connaissant rien de la langue anglaise et qui n'auraient pas su de quoi parlait le clergyman, si un sixième n'eût été capable de leur traduire en bon français les terribles vérités qui tombaient du haut de cette chaire sous forme d'averse évangélique.

Inutile d'ajouter, n'est-il pas vrai, que ces six individus étaient maitre Antifer et le banquier Zambuco, le notaire Ben-Omar et Saouk, le gabarier Gildas Trégomain et le jeune capitaine Juhel.

Nous les avions laissés sur l'îlot de la baie Ma-Yumba, le 28 mai; nous les retrouvons à Édimbourg, le 25 juin.

Que s'était-il passé entre ces deux dates?

Très sommairement, le voici:

Après la découverte du second document, il n'y avait plus qu'à abandonner l'îlot aux singes, à profiter de la chaloupe qui, attirée

par les signaux de l'équipage congolais, devait
avoir accosté en face du campement. Maître
Antifer et ses compagnons revinrent donc en
suivant le littoral, escortés toujours de la
bande de ces chimpanzés, acharnés à leurs
démonstrations hostiles, hurlements, gestes
de menaces et jets de pierre.

On arriva cependant sans dommage au campement. Deux mots dits par Saouk à Barroso
firent comprendre à celui-ci que le coup était
manqué. Impossible de voler leur trésor à des
gens qui ne le rapportaient pas!

La chaloupe, amarrée au fond d'une petite
crique, pouvait contenir tous les naufragés du
Portalègre. Ils s'y embarquèrent, un peu les
uns sur les autres. Comme il ne s'agissait que
d'une traversée de six milles, il n'y avait pas
lieu d'y regarder. Deux heures plus tard, la
chaloupe mouillait à l'accore de cette langue
de terre sur laquelle s'allonge la bourgade de
Ma-Yumba. Nos personnages, sans distinction
de nationalité, furent hospitalièrement accueillis dans une factorerie française. On s'oc-
cupa aussitôt de leur procurer des moyens de
transport pour regagner Loango. Or, ayant pu
se joindre à une troupe d'Européens qui se ren-

daient à la capitale, ils n'eurent rien à redouter en route ni de la part des fauves, ni de la
part des indigènes. Mais quel climat dévorant,
quelle chaleur insoutenable ! A l'arrivée, quoi
que pût dire Juhel, le gabarier prétendit qu'il
était réduit à l'état de squelette. Le digne
homme exagérait, il est permis de le croire.

Par une de ces heureuses chances, dont
maître Antifer n'était guère coutumier, ses
compagnons et lui n'eurent point à séjourner
longtemps à Loango. Un steamer espagnol,
allant de Saint-Paul de Loanda à Marseille,
vint y relâcher deux jours après. La relâche,
nécessitée par une légère réparation de ma-
chine, ne dura que vingt-quatre heures. Des
places furent retenues sur ce steamer, grâce
à l'argent sauvé du naufrage. Bref, à la date
du 15 juin, maître Antifer et ses compagnons
quittèrent enfin ces parages de l'Afrique occidentale, où ils avaient trouvé, avec deux diamants de grand prix, un document nouveau
et une déception nouvelle. Quant au capitaine
Barroso, Saouk s'était engagé à l'indemniser
plus tard, dès qu'il aurait fait main basse sur
les millions du pacha, et le Portugais dut se
contenter de cette promesse.

Juhel ne tenta point de détourner son oncle de ses idées, bien qu'il eût toute raison de croire que la campagne finirait par quelque mystification pyramidale. Il est vrai, l'opinion du gabarier commençait à se modifier là-dessus. Ces deux diamants d'une valeur de cent mille francs chacun, contenus dans la boîte de l'îlot numéro deux, cela lui donnait à réfléchir.

« Puisque le pacha, se disait-il, nous a fait cadeau de ces deux pierres précieuses, pourquoi les autres ne se trouveraient-elles pas sur l'îlot numéro trois? »

Et, quand il raisonnait ainsi devant Juhel, qui haussait les épaules :

« On verra... on verra ! » répétait-il.

C'était bien l'avis de Pierre-Servan-Malo. Puisque le troisième colégataire, le possesseur de cette latitude du troisième îlot, habitait Édimbourg, il irait à Édimbourg, et il entendait bien ne point s'y laisser devancer par Zambuco et Ben-Omar, qui avaient connaissance de la longitude 15° 11' est, laquelle devait être communiquée au sieur Tyrcomel, esquire. Donc, on ne se séparerait pas, on gagnerait la capitale de l'Écosse par les voies les plus rapides, et le susnommé Tyrcomel recevrait la visite du groupe au complet. Sans doute, cette résolution n'était pas pour satisfaire Saouk. En possession du secret, maintenant, il aurait préféré agir isolément, avant tous autres, vis-à-vis du personnage désigné par le document, obtenir le gisement du nouvel îlot, s'y rendre, déterrer les richesses de Kamylk-Pacha. Mais il aurait fallu partir seul, sans éveiller les soupçons, et il se sentait surveillé par Juhel. D'ailleurs, la traversée ne pouvait s'effectuer autrement qu'en commun jusqu'à Marseille. Or, comme maître Antifer comptait gagner Édimbourg par le plus court et dans le minimum de temps, en utilisant les railways de France et d'Angleterre, Saouk ne pouvait espérer prendre les devants. Il dut donc se résigner. L'affaire une fois tirée au clair avec le sieur Tyrcomel, peut-être le coup qui avait manqué à Loango et à Mascate, réussirait-il à Édimbourg?

La traversée fut assez rapide, le steamer portugais n'ayant relâché dans aucun port du littoral. Qu'on ne s'étonne pas si Ben-Omar, en homme qui renoncerait difficilement à ses habitudes, fut malade vingt-quatre heures sur vingt-quatre, et s'il débarqua à l'état de colis inconscient au quai de la Joliette.

Juhel avait préparé une longue lettre à l'adresse d'Énogate. Il lui faisait le récit de tout ce qui s'était passé au Loango. Il lui disait en quelle nouvelle campagne allait les engager l'entêtement de leur oncle, et qui savait où les caprices du pacha menaçait de les envoyer dans l'avenir? Il ajoutait qu'à son avis, maître Antifer était dans une disposition d'esprit à courir le monde comme un second Juif errant, et que cela ne cesserait que le jour où il serait devenu fou à lier, — ce qui arriverait bien sûr, tant son excitation cérébrale, accrue par les dernières déconvenues, prenait des proportions alarmantes...

Tout cela était très triste... Et leur mariage indéfiniment reculé... et leur bonheur... et leur amour..., etc.

Juhel eut tout juste le temps de mettre à la poste cette lettre désolée. On se jeta dans le rapide de Marseille à Paris, puis dans l'express de Paris à Calais, puis dans le bateau de Calais à Douvres, puis dans le train de Douvres à Londres, puis dans l'éclair de

Londres à Édimbourg, tous les six, comme
s'ils eussent été rivés à la même chaîne! C'est
ainsi que ce soir-là du 25 juin, dès qu'ils
eurent retenu leurs chambres à *Gibb's Royal
Hotel,* ils s'étaient mis à la recherche du
sieur Tyrcomel. Alors, grande surprise! Le
sieur Tyrcomel n'était rien moins qu'un clergyman. Et voilà comment, après s'être pré-
sentés à sa demeure, 17, North-Bridge street
— adresse qu'ils avaient pu se procurer sans
peine, tant était populaire l'ardent contempteur
des biens terrestres, — ils étaient venus le relancer à Tron Church, alors qu'il tonnait du
haut de sa chaire.

Leur intention était de l'aborder à l'issue
du sermon, de l'accompagner à son domicile,
de le mettre au courant, de lui communiquer
la dernière notice... Que diable! un homme
auquel on apporte un nombre respectable de
millions ne se plaindrait pas d'avoir été dérangé mal à propos!

Cependant il y avait dans tout ceci quelque
chose d'assez bizarre. Quels rapports avaient
pu exister entre Kamylk-Pacha et ce clergyman écossais? Le père de maître Antifer avait
sauvé la vie de l'Égyptien... bien. Le banquier

Zambuco l'avait aidé à sauver ses richesses...
bien. De là, ce sentiment de reconnaissance
qui leur avait valu d'être tous deux ses héritiers. Devait-on en conclure que le révérend
Tyrcomel possédait les mêmes droits à cette
reconnaissance? Oui, sans aucun doute. Mais
en quelles conjonctures invraisemblables un
clergyman avait-il obligé d'une façon quelconque Kamylk-Pacha?... Il fallait pourtant
qu'il en eût été ainsi, puisque ce clergyman
était détenteur de cette troisième latitude nécessaire à la découverte du troisième îlot...

« Le bon... cette fois! » répétait invariablement maître Antifer, dont Gildas Trégomain se laissait aller à partager les espérances... et peut-être les illusions!

Cependant, lorsque nos coureurs de trésor
aperçurent en chaire un homme dont l'âge ne
dépassait pas la cinquantaine, ils durent s'avi-
ser d'une autre explication. En effet, le révérend Tyrcomel ne pouvait avoir plus de
vingt-cinq ans, lorsque Kamylk-Pacha fut
enfermé dans la prison du Caire par ordre de
Méhémet-Ali, et il était difficile d'admettre
qu'il eût été à même de lui rendre service auparavant. Était-ce donc un père, un grand

13

père, un oncle de ce Tyrcomel, dont l'Égyptien avait été l'obligé?...

Peu importait, d'ailleurs. L'essentiel était que le clergyman eût en sa possession la précieuse latitude, ainsi que l'indiquait le document de la baie Ma-Yumba, et la journée ne s'achèverait pas avant que l'on sût à quoi s'en tenir à cet égard.

Ils étaient donc là, dans Tron Church, en face de la chaire. Maître Antifer, Zambuco, Saouk, dévoraient des yeux le passionné prédicateur, ne comprenant pas un traître mot de ce qu'il disait, et Juhel ne pouvait en croire ses oreilles de ce qu'il entendait.

Le sermon continuait. Toujours la même thèse avec la même éloquence furibonde. Invite aux rois à jeter à la mer leurs listes civiles, invite aux reines à faire volatiliser les diamants de leurs parures, invite aux riches à détruire leurs richesses. Impossible, on en conviendra, de dire plus d'énormes sottises avec un prosélytisme plus intransigeant!

Et Juhel, stupéfait, de murmurer :

« Voilà bien une autre complication!... Décidément, mon oncle n'a pas pour lui la bonne chance!... Quoi! c'est à un pareil éner-

gumène que notre satané pacha l'adresse !...
C'est à ce fougueux clergyman qu'il va demander les moyens de découvrir un trésor !... C'est
à un homme qui n'aurait rien de plus pressé
que de l'anéantir, s'il tombait jamais entre ses
mains !... Allons ! c'est là un obstacle que nous
n'attendions pas, — obstacle infranchissable
cette fois, et qui pourrait bien mettre fin à la
campagne que nous poursuivons. C'est à un
refus péremptoire, à un refus sans réplique,
que nous allons nous heurter, à un refus qui
vaudra au révérend Tyrcomel une immense
popularité ! Il y a là de quoi achever mon
oncle, et sa raison n'y résistera pas !... Zambuco et lui, peut-être aussi ce Nazim, ose-
ront tout pour arracher son secret à ce révérend... Ils sont capables de le torturer...
de... Voyons ! à mon tour, je me laisse em-
baller... Eh bien ! qu'il le garde son secret, cet
homme ! Je ne sais si, comme il le prétend,
les millions ne font pas le bonheur ; mais, quoi
qu'il en soit, de courir après ceux de l'Égyptien, cela menace de retarder indéfiniment le
mien !... Et, puisque jamais le Tyrcomel ne
consentira à croiser sa latitude avec la longitude que nous avons conquise au prix de tant

de peines, nous n'aurons plus qu'à revenir tranquillement en France, et...

— Lorsque Dieu commande, on doit obéir ! disait en ce moment le prédicateur.

— C'est aussi mon avis, pensa Juhel, et il faudra que mon oncle se soumette ! »

Mais le sermon ne finissait pas, et il n'y avait aucune raison pour qu'il ne durât pas l'éternité. Maître Antifer et le banquier donnaient de visibles marques d'impatience. Saouk rongeait sa moustache. Le notaire, du moment qu'il n'était plus sur le pont d'un navire, ne s'inquiétait de rien. Gildas Trégomain, la bouche bée, hochant la tête, l'oreille tendue, essayait de surprendre çà et là quelques mots qu'il cherchait vainement à traduire. Au fond, tous adressaient des regards interrogateurs au jeune capitaine, comme pour lui demander :

« Qu'est-ce que ce diable d'homme peut donc dire avec cette fougue inépuisable ? »

Et, lorsqu'il y avait lieu de croire que c'était fini, cela recommençait.

« Ah çà ! de quoi parle-t-il, Juhel ? s'écria maître Antifer d'une voix impatiente, qui provoqua les chuchottements de l'auditoire.

— Je vous le dirai, mon oncle.

— S'il se doutait des nouvelles que je lui apporte, ce prêchi-prêcha, il aurait vite fait de lâcher sa chaire pour recevoir notre visite...

— Hé... hé !... » fit Juhel d'un ton si singulier que le sourcil de maître Antifer se fronça d'une façon terrible.

Pourtant, tout doit finir en ce monde, — même le sermon d'un clergyman de *l'Église libre d'Écosse*. On sentit que le révérend Tyrcomel arrivait à sa péroraison. Son débit était plus haletant, ses gestes plus désordonnés, ses métaphores plus hardies, ses objurgations plus menaçantes. Il y eut un dernier coup de massue et un dernier coup de boutoir contre les détenteurs de fortunes, les possesseurs du vil métal, avec injonction de le jeter dans la fournaise en ce monde, si l'on ne voulait pas y être précipité soi-même dans l'autre ! Et, alors, en un suprême mouvement oratoire, faisant allusion au nom même de cette église qui retentissait de ses périodes tonitruantes :

« Et comme en ce lieu, s'écria-t-il, où il y avait autrefois une balance publique, à la-

quelle on clouait les oreilles des notaires infidèles et autres malfaiteurs, ainsi dans la
balance du jugement dernier, vous serez
pesés sans merci, et, sous le poids de votre or,
le plateau s'abaissera jusqu'à l'enfer! »

On ne pouvait terminer par une plus saisis-
sante image.

Le révérend Tyrcomel fit un dernier geste
de congé, qui eût été un geste de bénédiction
du haut d'une chaire catholique. Puis, il dis-
parut subitement.

Maître Antifer, Zambuco et Saouk s'étaient
bien promis de l'attendre à la sortie de l'église,
de le happer au vol, de l'interviewer *hic et
nunc*. Est-ce qu'ils auraient pu patienter
jusqu'au lendemain, remettre à sept ou huit
heures leur interrogatoire? Est-ce qu'ils auraient supporté toute une nuit passée dans les
affres de la curiosité?... Non! Ils se précipi-
tèrent donc vers le porche central, bouscu-
lant les fidèles, qui protestaient contre une
brutalité si inconvenante en pareil lieu!

Gildas Trégomain, Juhel et le notaire les
suivirent, en y mettant des formes. Tous en
furent pour leurs vains efforts. Sans doute,
le révérend Tyrcomel, désireux de se dérober

à l'ovation qui lui était due, — seul résultat d'ailleurs de son sermon sur le mépris des richesses, — était sorti par une porte latérale de Tron Church.

Inutilement, Pierre-Servan-Malo et ses compagnons l'attendirent sur les marches du péristyle, le cherchèrent au milieu des fidèles, le demandèrent à l'un et à l'autre... Le clergyman n'avait pas laissé plus de traces à travers la foule que le poisson dans l'eau ou l'oiseau dans l'air.

Tous étaient là, se dépitant, se regardant, furieux comme si quelque génie malfaisant leur eût arraché une proie ardemment convoitée.

« Eh bien, 17, North-Bridge street! s'écria maître Antifer.

— Mais, mon oncle...

— Et, avant qu'il ne se couche, ajouta le banquier, nous saurons lui arracher...

— Mais, monsieur Zambuco...

— Pas d'observation, Juhel !

— Si... une observation, mon oncle.

— Et à propos de quoi?... demanda maître Antifer, remonté au paroxysme de la colère.

— A propos de ce que ce Tyrcomel vient de prêcher.

— Eh! qu'est-ce que cela peut nous faire ?...

— Beaucoup, mon oncle.

— Te moques-tu, Juhel?

— Rien n'est plus sérieux, et j'ajouterai même rien de plus malheureux pour vous!

— Pour moi ?....

— Oui!... Écoutez! »

Et Juhel fit connaître en quelques mots la disposition d'esprit du révérend Tyrcomel, quelle thèse il avait soutenue dans son interminable sermon, comme quoi, enfin, s'il ne tenait qu'à lui, tous les milliards du monde entier ne tarderaient pas à être engloutis dans les profonds abîmes des océans !

Le banquier fut atterré, — Saouk aussi, bien qu'il fût censé ne point comprendre. Et Gildas Trégomain d'esquisser une grimace de désappointement. Il est certain qu'une nouvelle tuile leur tombait de haut sur le crâne!

Et pourtant, ce ne fut point en homme accablé que maître Antifer répondit d'un ton profondément ironique à son neveu :

« Imbécile... imbécile... imbécile!... On ne prêche ces choses-là que lorsqu'on n'a pas le sou!... Laisse apparaître la trentaine de millions qui doivent lui revenir, et tu verras si ton Tyrcomel aura l'idée de les ficher à l'eau ! »

Évidemment, cette réponse témoignait d'une profonde connaissance du cœur humain. Quoi qu'il en soit, il fut décidé que l'on renoncerait à relancer, ce soir-là, le révérend dans sa maison de North-Bridge street, et nos six personnages regagnèrent en bon ordre *Gibb's Royal Hotel*.

XII

*Dans lequel on voit qu'il n'est pas facile de faire dire
à un clergyman ce qu'il a résolu de taire.*

La maison du révérend Tyrcomel était
située dans le quartier de la Canongate, la
plus célèbre des rues de l'ancienne ville, la
« Vieille Enfumée », ainsi que la dénomment
ses antiques parchemins. Cette maison con-
finait à celle de John Knox, dont la fenêtre
s'ouvrit si souvent, vers le milieu du
XVIIe siècle, pour permettre au fameux réfor-
mateur écossais de haranguer la foule. Ce
rapprochement ou plutôt ce voisinage ne pouvait que plaire au révérend Tyrcomel. Lui
aussi prétendait imposer ses réformes. Il est
vrai, ce n'était pas du haut de sa fenêtre qu'il
prêchait, et pour cause.

En effet, la fenêtre de la chambre qu'il occupait dans cette maison ne donnait pas sur la rue. Elle dominait par derrière l'ancien ravin du Nord, sillonné des lignes du railway et transformé en jardin public. Si, d'un côté, cette fenêtre eût été au troisième étage, il n'en était pas ainsi du côté du ravin. La différence du niveau des sols la mettait au huitième, et de cette hauteur, comment se faire entendre?

C'était, en somme, une triste et inconfortable maison, de celles qui sont desservies, par ces ruelles, sordides et malsaines, désignées sous l'appellation de « closes ». Tels sont, pour la plupart, les aboutissants de cette Canongate historique, qui, sous divers noms, remonte du château d'Holyrood au château d'Édimbourg, l'une des quatre forteresses de l'Écosse auxquelles le traité de l'Union impose l'obligation d'être toujours en état de défense.

Ce fut devant la porte de ladite maison que le lendemain, 26 juin, maître Antifer et le banquier Zambuco, accompagnés de Juhel, s'arrêtèrent, au moment où huit heures sonnaient à l'église voisine. Ben-Omar n'avait

point été prié de se joindre à eux, sa présence étant inutile dans cette première en-
trevue. Par conséquent, à son extrême dépit,
Saouk n'était pas de la visite. Et si le clergyman livrait le secret de la latitude, il ne
serait pas là pour en prendre connaissance,
— ce qui le mettrait dans l'impossibilité de
devancer le Malouin à la recherche de l'îlot
numéro trois.

Quant au gabarier, il était resté à *Gibb's
Royal Hotel*, et, en attendant le retour des
visiteurs, s'amusait à contempler les merveilles de Prince's street et les prétentieuses
élégances du monument de Walter Scott. En
ce qui concerne Juhel, il n'avait pu se dispen-
ser de suivre son oncle, tout au moins comme
interprète. D'ailleurs, on imagine quelle hâte
il éprouvait de savoir enfin où gisait ce nouvel îlot, et si la fantaisie de Kamylk-Pacha
n'allait pas les envoyer se promener dans les
mers du Nouveau Continent.

Ce qu'il convient de noter ici, c'est qu'en se
voyant évincé, Saouk était entré dans une violente colère, et, comme d'habitude, sa fureur
retomba sur Ben-Omar. A quel assaut de paroles malsonnantes, de menaces épouvan-

tables, l'infortuné notaire fut soumis après le départ des colégataires!

« Oui! c'est de ta faute, s'écriait Saouk, en bouleversant les meubles de la chambre, et l'envie me prend de te faire payer cette maladresse à coups de rotin!

— Excellence, j'ai fait ce que j'ai pu...

— Non, tu ne l'as pas fait! Il fallait t'imposer à ce méchant matelot, lui déclarer que ta présence était nécessaire, obligatoire, et, au moins, tu aurais été là... tu aurais appris et tu m'aurais appris ce qui intéresse le nouvel îlot... et peut-être m'eût-il été possible de l'atteindre avant les autres!... Que Mahomet t'étrangle! Mes projets manqués une première fois à Mascate, une seconde fois à Ma-Yumba, et dire qu'ils vont l'être une troisième!... Et cela, parce que tu restes planté là sur ta patte, comme un vieil ibis empaillé...

— Je vous prie, Excellence...

— Et moi, je te jure que, si j'échoue, c'est sur ta peau que je me paierai de toutes ces déconvenues! »

La scène se continua de cette sorte, et elle devint si violente que le gabarier en surprit les éclats. Il alla même jusqu'à la porte de la chambre, et il fut heureux pour Saouk que sa colère se fût manifestée en langue égyptienne. S'il avait invectivé Ben-Omar en français, Gildas Trégomain aurait eu connaissance de ses abominables projets, il eût découvert quel personnage se cachait sous ce Nazim, et on eût traité ce personnage comme il le méritait.

Néanmoins, si cette situation ne lui fut pas révélée, il ne laissa pas d'être absolument interloqué de la violence avec laquelle Ben-Omar était malmené par son clerc, et combien cela justifiait les soupçons du jeune capitaine !

Après avoir franchi là porte de la maison du clergyman, maître Antifer, Zambuco et Juhel commencèrent à gravir les marches d'un escalier de bois, en s'aidant de la corde graisseuse pendue à la muraille. Jamais le gabarier, bien que débarrassé d'une partie de son embonpoint, n'aurait pu s'élever par cette vis étroite et sombre.

Les visiteurs arrivèrent au palier du troisième étage, qui était le dernier de ce côté de la maison. Une petite porte en ogive s'évidait au fond, avec ce nom : Révérend Tyrcomel.

Maître Antifer poussa un vigoureux ouf! de satisfaction. Puis il frappa.

La réponse se fit attendre. Est-ce que le clergyman ne serait pas chez lui?... Et de quel droit, s'il vous plait?... Un homme auquel on apporte des millions...

Second heurt, — un peu plus fort.

Cette fois, léger bruit à l'intérieur de la chambre, et, si ce ne fut pas la porte, ce fut du moins un guichet qui s'ouvrit au-dessous du nom du révérend Tyrcomel.

A travers ce guichet parut une tête, — celle du clergyman, très reconnaissable sous le chapeau de haute forme qui le coiffait.

« Que voulez-vous?... demanda Tyrcomel, et le ton de sa voix indiquait bien qu'il n'aimait pas à être dérangé.

— Nous désirons vous entretenir quelques instants, répondit Juhel en anglais.

— A quel propos?...

— Il s'agit d'une affaire importante...

— Je n'ai point d'affaire... importante ou non.

— Ah çà! ouvrira-t-il, ce révérend? » s'écria maître Antifer, ennuyé de tant de façons.

Mais, dès qu'il l'eut entendu, le clergyman

de lui répondre dans sa propre langue qu'il parlait comme si elle eût été la sienne :

« Vous êtes des Français?...

— Des Français... » répondit Juhel.

Et, s'imaginant que cela faciliterait leur introduction près du clergyman, il ajouta :

« Des Français qui assistaient hier à votre sermon dans Tron Church...

— Et qui ont eu la pensée de se convertir à mes doctrines?... répliqua vivement le clergyman.

— Peut-être, mon révérend...

— C'est lui, au contraire, qui va se convertir aux nôtres! murmura maître Antifer. D'ailleurs, s'il préfère nous abandonner sa part... »

La porte s'était ouverte, et les soi-disant néophytes se trouvèrent en présence du révérend Tyrcomel.

Une seule pièce, éclairée au fond par la fenêtre qui donnait sur le ravin du Nord. Dans un coin, un lit de fer, garni d'une paillasse et d'une couverture, dans un autre, une table avec quelques ustensiles de toilette. Pour siège, un escabeau. Pour meuble, une armoire fermée, qui servait sans doute à serrer les vêtements. Sur un rayon, plusieurs

livres entre lesquels apparaissait la Bible tra-
ditionnelle, ornée d'une reliure usée aux
angles, et aussi divers papiers, plumes, écri-
toire. De rideaux, nulle part. Des murs nus,
blanchis à la chaux. Sur la table de nuit,
une lampe à coulisse, son abat-jour très
abaissé. C'était à la fois une chambre à coucher et un cabinet de travail, réduits au
strict nécessaire. Le clergyman prenait ses
repas au dehors dans une restauration du voisinage, et soyez sûr que ce ne devait pas être
quelque cabaret à la mode.

Le révérend Tyrcomel, tout de noir ha-
billé, étroitement serré sous les plis de sa
longue lévite, dont le col laissait voir le
liseré blanc de sa cravate, ôta son chapeau à
l'entrée des étrangers, et, s'il ne leur offrit pas
de s'asseoir, c'est qu'il ne pouvait mettre qu'un
seul escabeau à leur disposition.

En vérité, si jamais millions devaient arriver à propos, n'était-ce pas dans cette cellule
de cénobite, où l'on n'eût pas récolté trente
shillings vaillants?...

Maître Antifer et le banquier Zambuco se
regardèrent. Comment allaient-ils commencer
le feu? Du moment que leur colégataire

parlait le français, l'intervention de Juhel n'était plus nécessaire, et le jeune capitaine n'allait être qu'un simple spectateur. Il préférait cette situation, et ce ne fut pas sans un certain sentiment de curiosité qu'il se promit d'assister à cette bataille. Quel serait le vainqueur?... Peut-être n'eût-il pas parié pour son oncle Antifer?

Au début, celui-ci se sentit plus embarrassé qu'il ne l'aurait imaginé. Après ce qu'il savait de l'intransigeant clergyman, de ses opinions sur les biens de ce monde, il jugea à propos de procéder avec adresse, de prendre certains ménagements, de tâter le terrain, d'amener tout doucement le révérend Tyrcomel à communiquer cette lettre de Kamylk-Pacha qui devait être en sa possession, laquelle lettre renfermait, à n'en plus douter, les chiffres de la nouvelle et, — espérons-le — dernière latitude.

C'était l'avis de Zambuco, qui n'avait cessé de chapitrer son futur beau-frère à ce sujet. Mais l'impétueux Malouin serait-il capable de se contenir, et, dans l'état mental où il se trouvait, n'allait-il pas s'emporter à la moindre résistance et briser les vitres?

En tous les cas, ce ne fut pas lui qui prit d'abord la parole. Tandis que ses trois visiteurs formaient un groupe au fond de la chambre, le révérend Tyrcomel se plaça en face d'eux dans l'attitude du prêcheur. Persuadé que ces gens-là venaient de leur plein gré se soumettre à ses doctrines, il ne songeait qu'à leur renouveler éloquemment ses principes.

« Mes frères, dit-il en joignant les mains dans un élan de reconnaissance, je remercie l'auteur de toutes choses de m'avoir départi ce don de persuasion, qui m'a permis de faire pénétrer jusqu'au fond de vos âmes le dédain de la fortune et le détachement des richesses terrestres... »

Il fallait voir la figure des deux héritiers à cette exorde !

« Mes frères, continua le clergyman, en détruisant les trésors que vous possédez...

— Que nous ne possédons pas encore ! fut tenté de s'écrier l'oncle de Juhel.

— ... Vous donnerez un admirable exemple, qui sera suivi de tous ceux dont l'esprit est capable de s'élever au-dessus des matérialités de la vie... »

Maitre Antifer, par un brusque mouvement
de la mâchoire, envoya son caillou d'une joue
à l'autre, tandis que Zambuco semblait lui
souffler :

« Est-ce que vous n'allez pas expliquer à ce
bavard l'objet de notre visite? »

Un signe affirmatif fut la réponse du Malouin qui se répétait à part lui :

« Non certes, je ne laisserai pas un pareil
raseur nous recommencer son sermon d'hier! »

Le révérend Tyrcomel, ouvrant alors ses
bras comme pour y recevoir des pêcheurs touchés par le repentir, dit d'une voix pleine
d'onction :

« Vos noms, mes frères, afin que...

— Nos noms, monsieur Tyrcomel, interrompit maître Antifer, les voici, et nos qualités
avec : moi, maître Antifer, Pierre-Servan-Malo,
capitaine au cabotage à la retraite, — Juhel
Antifer, mon neveu, capitaine au long cours,
— monsieur Zambuco, banquier à Tunis... »

Le clergyman s'avança vers la table, afin
d'inscrire ces noms, disant :

« Et, sans doute, vous m'apportez, pour en
faire l'abandon, vos fortunes périssables...
des millions peut-être?...

— En effet, monsieur Tyrcomel, il s'agit de millions, et lorsque vous aurez touché votre part, libre à vous de la détruire comme vous l'entendrez... Mais, en ce qui nous concerne, c'est autre chose... »

Allons! voilà maître Antifer faisant fausse route. Juhel et Zambuco le comprirent bien, au changement qui s'opéra dans la physionomie du clergyman. Son front se rida, ses yeux se détournèrent à demi, ses bras qu'il avait largement ouverts, se refermèrent sur sa poitrine, comme se referme la porte d'un coffre-fort.

« De quoi donc s'agit-il, messieurs ?... demanda-t-il en reculant d'un pas.

— De quoi il s'agit?... répondit maître Antifer. Tiens, Juhel, déroule-lui la chose, car je ne serais pas capable de mesurer mes paroles ! »

Et Juhel « déroula » la chose sans réticence. Il raconta tout ce qu'on savait de Kamylk-Pacha, les services rendus par son grand-oncle Thomas Antifer, les obligations contractées envers le banquier Zambuco, la visite à Saint-Malo de l'exécuteur testamentaire Ben-Omar, notaire à Alexandrie, le voyage au golfe d'Oman, où gisait l'îlot numéro un, suivi du voyage à la baie Ma-Yumba, où gisait l'îlot numéro deux, la découverte du deuxième document qui renvoyait les deux colégataires à un troisième héritier, lequel n'était autre que le révérend Tyrcomel, esquire, d'Édimbourg, etc.

Tandis que Juhel parlait, le clergyman l'écoutait sans faire un mouvement, sans permettre à ses regards de s'allumer, à ses muscles de tressaillir. Une statue de marbre ou de bronze n'eût pas été plus immobile. Et, lorsque le jeune capitaine eut terminé son récit en demandant au révérend Tyrcomel s'il avait jamais eu des rapports avec Kamylk-Pacha :

« Non, répondit le clergyman.

— Mais votre père ?...

— Peut-être.

— Peut-être n'est pas une réponse, observa Juhel en calmant son oncle, qui tournait et retournait sur lui-même, comme s'il eût été piqué d'une tarentule.

— C'est la seule qu'il me convienne de faire... répliqua sèchement le clergyman.

— Insistez, monsieur Juhel, insistez... dit le banquier.

— Dans toute la mesure du possible, monsieur Zambuco, » répondit Juhel.

Et, s'adressant au révérend, dont l'attitude indiquait sa ferme volonté de se tenir sur une extrême réserve :

« Me sera-t-il permis de vous poser une question... une seule? demanda-t-il.

— Oui... comme il m'est permis de n'y point répondre.

— Est-il à votre connaissance que votre père ait jamais été en Égypte?...

— Non.

— Mais, si ce n'est en Égypte, en Syrie, du moins, et, pour mieux préciser, à Alep?... »

Ne point oublier que c'est dans cette ville que Kamylk-Pacha avait résidé pendant un certain nombre d'années avant de revenir au Caire.

Après un moment d'hésitation, le révérend Tyrcomel convint que son père avait habité Alep, où il était en rapport avec Kamylk-Pacha. Donc nul doute que ces rapports n'eussent fait de celui-ci l'obligé dudit Tyrcomel au même titre que Thomas Antifer et le banquier Zambuco.

« Je vous demanderai, maintenant, reprit

Juhel, si votre père a reçu une lettre de Kamylk-Pacha...

— Oui.

— Une lettre dans laquelle il était question du gisement d'un îlot qui renfermait un trésor?.

— Oui.

— Et cette lettre ne contenait-elle pas la latitude de cet îlot?...

— Oui.

— Et ne disait-elle pas qu'un jour un certain Antifer et un certain Zambuco viendraient lui rendre visite à ce sujet?...

— Oui. »

Les « oui » du clergyman tombaient comme des coups de marteau, frappés de plus en plus fort.

« Eh bien, reprit Juhel, maître Antifer et le banquier Zambuco sont en votre présence, et si vous voulez leur communiquer la lettre du pacha, ils n'auront plus, après en avoir pris connaissance, qu'à se mettre en route afin de remplir les intentions du testateur dont, vous et eux, êtes les trois légataires. »

A mesure que parlait Juhel, maître Antifer faisait des efforts inouïs pour rester en place,

VI

« AH ! GUEUX !... JE SAURAI T'ARRACHER CETTE LETTRE. » (Page 236.)

toút rouge lorsque le sang lui montait à la tête, tout pâle quand il lui refluait au cœur.

Le clergyman laissa quelque peu attendre sa réponse, et finit par dire en pinçant les lèvres :

« Et lorsque vous serez rendus à l'endroit où gît ce trésor, quelles sont vos intentions ?...

— Le déterrer, pardieu ! s'écria maître Antifer.

— Et lorsque vous l'aurez déterré ?...

— Le partager en trois parts !

— Et de vos parts, quel usage ferez-vous ?...

— L'usage qui nous conviendra, monsieur le révérend ! »

Encore une regrettable répartie du Malouin, qui remit le clergyman à cheval sur son dada.

« C'est cela, messieurs ! répliqua-t-il, tandis que son regard lançait des flammes. Vous entendez profiter de ces richesses pour la satisfaction de vos instincts, de vos appétits, de vos passions, c'est-à-dire contribuer à grossir les iniquités de ce monde !...

— Permettez !... interrompit Zambuco.

— Non... je ne permets pas, et je vous enjoins de répondre à cette question : Si ce tré-

sor tombe entre vos mains, vous engagez-
vous à le détruire?...

— Chacun fera de son legs ce qu'il jugera
convenable, » répliqua le banquier d'une façon
évasive.

Pierre-Servan-Malo éclata.

« Il ne s'agit pas de tout cela, s'écria-t-il.
Vous doutez-vous, monsieur le révérend, de la
valeur de ce trésor?...

— Que m'importe !

— Elle est de cent millions de francs...
cent millions... dont le tiers, soit trente-trois
millions pour vous... »

Le clergyman haussa les épaules.

« Savez-vous bien, monsieur le révérend,
reprit maître Antifer, qu'il vous est interdit
de nous refuser la communication qui vous
est imposée par le testateur?...

— Vraiment !

— Savez-vous qu'on n'a pas plus le droit
de laisser cent millions improductifs qu'on
n'aurait le droit de les voler?...

— Ce n'est pas mon avis.

— Savez-vous que si vous persistez dans
votre refus, hurla maître Antifer, arrivé au
dernier degré de la fureur, nous n'hésiterons

pas à vous poursuivre devant la justice, à vous dénoncer comme un héritier indélicat, comme un malfaiteur...

— Comme un malfaiteur ! répéta le clergyman, qui se tenait, lui dans une colère froide. En vérité, messieurs, votre audace n'a d'égale que votre sottise ! Vous croyez que je vais accepter de répandre ces cent millions à la surface de la terre, de fournir aux mortels de quoi se payer cent millions de péchés de plus, que je vais mentir à toutes mes doctrines et donner aux fidèles de l'*Église libre d'Écosse*, puritaine et intransigeante, le droit de me jeter ces cent millions à la face ? »

Disons-le, il était magnifique, le révérend Tyrcomel, sublime en cette éloquente explosion ! Juhel ne pouvait s'empêcher d'admirer cet énergumène, tandis que son oncle, au comble de la rage, était prêt à se jeter sur lui.

« Oui ou non, s'écria celui-ci, en s'avançant les poings fermés, oui ou non, voulez-vous nous communiquer la lettre du pacha ?

— Non. »

Maître Antifer écuma.

« Non ?... répéta-t-il.

— Non.

14.

— Ah! gueux!... Je saurai t'arracher cette lettre! »

Juhel dut s'interposer pour éviter que son oncle en vînt à des voies de fait. Celui-ci le repoussa violemment... Il voulait étrangler le clergyman, qui restait aussi résolu qu'impassible... Il voulait fouiller cette chambre, fouiller cette armoire, fouiller ces papiers, et, il faut en convenir, les perquisitions n'eussent pas été longues. Mais il fut arrêté par cette simple et péremptoire réponse du révérend Tyrcomel :

« Inutile de chercher cette lettre...

— Et pourquoi ?... demanda le banquier Zambuco.

— Parce que je ne l'ai plus.

— Et qu'en avez-vous fait ?...

— Je l'ai brûlée.

— Au feu... il l'a jetée au feu! vociféra maître Antifer. Le misérable!... Une lettre qui contenait un secret de cent millions... un secret qu'on ne pourra plus découvrir! »

Et ce n'était que la vérité. Sans doute, afin de ne point être tenté d'en faire usage, — un usage contraire à tous ses principes sociaux, — le révérend Tyrcomel avait brûlé cette lettre depuis plusieurs années déjà.

« Et maintenant... sortez ! » dit-il aux visiteurs en leur montrant la porte.

Maître Antifer avait été assommé du coup. Le document détruit... impossibilité de jamais reconstituer le gisement !... Il en était de même du banquier Zambuco, qui pleurait, lui, comme un enfant auquel on vient d'enlever son joujou !...

Juhel dut pousser les deux colégataires, dans l'escalier d'abord, dans la rue ensuite, et tous trois prirent la direction de *Gibb's Royal Hotel*.

Eux partis, le révérend Tyrcomel leva les bras vers le ciel, le remerciant de l'avoir choisi pour arrêter cette avalanche de péchés que cent millions eussent précipitée sur la terre !

XIII

A la fin duquel on verra disparaître
le troisième rôle, autrement dit le « traître »,
de cette comico-tragique histoire.

Tant d'émotions, de bouleversements, de transes, de troubles, de secousses, d'alternatives d'espoir et de désespoir, c'était décidément plus que n'en pouvait supporter maître Antifer. Les forces physiques et morales, même celles d'un capitaine au grand cabotage, ont des limites qui ne sauraient être dépassées. Le trop éprouvé oncle de Juhel dut prendre le lit, dès qu'il eut été reconduit à l'hôtel. La fièvre le saisit, — une fièvre violente avec délire, dont les suites pouvaient être fort graves. Quelles décevantes images obsédaient son cerveau, cette campagne interrompue juste au moment où elle allait aboutir, l'inutilité de nouvelles recherches, cet énorme trésor dont on ne connaîtrait jamais la place, ce troisième îlot perdu en quelques parages ignorés, la seule pièce susceptible d'en donner la situation exacte, détruite, anéantie, brûlée par cet abominable clergyman, cette latitude que même la torture ne lui ferait pas indiquer, puisqu'il l'avait volontairement, criminellement oubliée!... Oui! Il était à craindre que la raison très ébranlée du Malouin ne résistât pas à ce dernier coup, et le médecin, appelé en toute hâte, ne regarda pas comme impossible qu'il fût bientôt frappé d'aliénation mentale.

Dans tous les cas, les soins lui seraient prodigués. Son ami Gildas Trégomain et son neveu Juhel ne le quitteraient pas d'un instant, et, s'il se rétablissait, ils auraient droit à toute sa reconnaissance.

Dès sa rentrée à l'hôtel, Juhel avait mis Ben-Omar au courant, et, par lui, Saouk n'ignorait rien des refus du révérend Tyrcomel. Il est aisé d'imaginer à quel degré monta la colère du faux Nazim. Mais, cette fois, elle ne se révéla pas par des manifestations extérieures, — nous entendons ces actes de violence qui, invariablement, retombaient sur l'infortuné notaire. Tout se concentra en lui, et peut-être imagina-t-il que ce secret qui échappait à maître Antifer, il saurait l'obtenir et l'utiliser à son seul profit. C'est à ce résultat, d'ailleurs, que tendirent ses efforts, et l'on put observer qu'il ne se montra à l'hôtel ni ce jour-là ni les jours qui suivirent.

Quant au gabarier, après le récit de Juhel relatant la visite au clergyman, il avait dit :

« Je crois bien que l'affaire est enterrée maintenant... N'est-ce pas ton avis, mon garçon ?...

— En effet, monsieur Trégomain, et il me paraît impossible que l'on fasse parler un pareil têtu...

— Drôle, tout de même, ce révérend auquel on vient apporter des millions... et qui les refuse !

— Apporter des millions !... répliqua le jeune capitaine en secouant la tête.

— Tu n'y crois pas, Juhel?... Tu as peut-être tort !...

— Comme vous avez changé, monsieur Trégomain !

— Dame... depuis la trouvaille des diamants ! Évidemment, je ne dis pas que les millions sont sur le troisième îlot, mais enfin, ils y seraient... Par malheur, puisque ce cler- gyman ne veut entendre à rien, on n'en con- naîtra jamais le gisement!...

— Eh bien, non, monsieur Trégomain, et malgré les deux diamants de Ma-Yumba, rien ne m'ôtera de l'idée que ce pacha nous réser- vait une énorme mystification...

— Dans tous les cas, cela menace de coûter cher à ton pauvre oncle, Juhel. Le plus pressé, à cette heure, est de le tirer d'affaire! Pourvu que sa tête y résiste! Soignons-le comme le feraient des sœurs de charité, et, lorsque nous l'aurons remis sur pied, lorsqu'il aura la force de faire le voyage, je pense qu'il consentira à revenir en France... à reprendre sa tranquille vie d'autrefois...

— Ah! monsieur Trégomain, que n'est-il dans la maison de la rue des Hautes-Salles?...

— Et toi, près de notre petite Énogate, mon garçon!... A propos, penses-tu à lui écrire?...

— Je lui écrirai aujourd'hui même, mon- sieur Trégomain, et, cette fois, je crois pou- voir lui annoncer notre retour définitif. »

Quelques jours s'écoulèrent. L'état du ma-

lade ne s'était pas aggravé. Après avoir été
très forte d'abord, la fièvre tendait à diminuer.
Mais le médecin se montrait moins rassuré
pour la raison du pauvre homme. Positive-
ment, sa tête déménageait. Cependant il re-
connaissait son ami Trégomain, son neveu
Juhel, et aussi son futur beau-frère... Beau-
frère?... Entre nous, si une personne du sexe
charmant risquait de rester indéfiniment fille,
n'était-ce pas Mlle Talisma Zambuco, attardée
sur les confins de la cinquantaine, et guettant
non sans impatience, dans son gynécée de
Malte, l'apparition de l'époux promis?... Or,
pas de trésor, pas de mari, puisque l'un était
le complément de l'autre!

Il suit de là que ni le gabarier ni Juhel
ne pouvaient quitter l'hôtel. Le malade récla-
mait sans cesse leur présence. Il exigeait que
jour et nuit ils fussent dans sa chambre, écou-
tant ses doléances, ses récriminations, et surtout les menaces qu'il proférait contre l'horrible clergyman. Il ne parlait de rien moins
que de le poursuivre en justice, devant les
cours de bourgs, devant les juges de paix ou
les shérifs, jusque devant la cour criminelle
supérieure, la cour de Justiciary qui siège à

Édimbourg... Les juges sauraient bien l'obliger à parler... Il n'est pas permis de se taire,
lorsque l'on peut, d'un mot, jeter dans la cir-
culation du pays une somme de cent millions... Il doit y avoir des peines pour ce
crime-là, les plus sévères, les plus terribles,
et si le gibet de Tyburn ou autres ne sont pas
destinés aux malfaiteurs de cette espèce, qui
donc mériterait d'y être pendu..., etc.

Et, du matin au soir, maître Antifer ne
tarissait pas. A tour de rôle, Gildas Trégomain
et Juhel se relayaient près de lui, à moins
qu'une violente crise ne les obligeât à rester
ensemble. Le malade voulait s'élancer hors
de son lit, quitter sa chambre, courir chez le
révérend Tyrcomel, lui casser la tête à coups
de revolver, et il ne fallait rien moins que la
vigoureuse poigne du gabarier pour le contenir.

Aussi, bien qu'il eût le plus vif désir de connaître cette superbe cité d'Édimbourg, faite de
pierres et de marbre, Gildas Trégomain fut-il
contraint d'y renoncer. Plus tard, lorsque son
ami serait en voie de guérison, ou tout au
moins revenu au calme, il se dédommagerait...
Il irait visiter le palais d'Holyrood, l'ancienne

15

résidence des souverains d'Écosse, les appartements royaux, la chambre à coucher de Marie Stuart, telle qu'elle était au temps de l'infortunée reine... Il remonterait la Canongate jusqu'au Castle, si fièrement campé sur son roc de basalte, là où l'on voit encore la petite chambre dans laquelle vint au monde l'enfant qui devait être Jacques VI d'Écosse et Jacques Ier d'Angleterre. Il ferait l'ascension de cet « Arthur seat » qui ressemble à un lion couché, lorsqu'on le regarde du côté de l'ouest, et d'où la vue, à deux cent quarante-sept mètres au-dessus du niveau de la mer, peut embrasser toute la ville, bosselée de collines comme la cité des Césars, jusqu'à Leith, qui est le véritable port d'Édimbourg sur la baie du Forth, jusqu'à la côte de Fife, jusqu'aux pics du Ben Lomond, du Ben Ledi, des Lammermuir-Hills, jusqu'à la mer sans limites...

Que de beautés naturelles, que de merveilles dues à la main de l'homme, dont le gabarier, tout en regrettant ce trésor perdu par l'obstination du clergyman, brûlait de contempler les splendeurs, et qu'il ne pouvait visiter, cloué par le devoir au chevet de son impérieux malade !

C'est pourquoi l'excellent homme en était
réduit à regarder par la fenêtre entr'ouverte
de l'hôtel, le célèbre monument de Walter
Scott, dont les pinacles gothiques s'élancent
à près de deux cents pieds dans les airs, en
attendant que ses niches soient toutes occupées par les cinquante-six héros nés de l'imagination du grand romancier écossais.

Puis, lorsque les yeux de Gildas Trégomain redescendaient la longue perspective de
Prince's street vers Calton-Hill, il guettait,
un peu avant midi, cette grosse boule dorée,
hissée au mât de l'Observatoire, et dont la
chute indique le moment précis où le soleil
franchit le méridien de la capitale.

Que voulez-vous!... c'était toujours cela!

Cependant un bruit de nature à surchauffer
la popularité déjà si considérable du révérend
Tyrcomel, s'était répandu dans le quartier de
la Canongate d'abord, dans la ville ensuite. On
disait que le célèbre prédicateur, en homme
qui conforme ses actes à ses doctrines, venait
de refuser un legs d'une importance invraisemblable. On parlait de plusieurs millions,
même de plusieurs centaines de millions qu'il
voulait soustraire à l'avidité humaine. Peut-

être le clergyman se prêtait-il à la propaga-
tion de ces bruits qui tournaient à son avantage, et dont il entendait bien ne pas garder
le secret. Les journaux s'emparèrent du fait,
ils le reproduisirent et il ne fut plus question
que du trésor de Kamylk-Pacha enterré sous
les roches d'un mystérieux îlot. Quant à l'indication de son gisement, à en croire les
feuilles publiques que le révérend Tyrcomel
ne démentit pas d'ailleurs, cela ne dépendait
que de lui, quoique, en réalité, l'intervention
des deux autres légataires fût indispensable.
Du reste, on ne connaissait pas tous les détails de cette affaire et le nom de maître Antifer n'était pas même prononcé. Il va de soi
que, parmi ces journaux, les uns approuvaient
la superbe attitude de l'un des docteurs de
l'*Église libre d'Écosse*, tandis que d'autres la
blâmaient, car enfin, ces millions mis à la disposition des indigents d'Édimbourg, — et
Dieu sait s'ils pullulent! — auraient soulagé
bien des infortunes au lieu de dormir dans
leur trou, sans profit pour personne. Mais, du
blâme comme de l'éloge, le révérend Tyrcomel n'avait cure, et il était résolu à n'en tenir
aucun compte.

Il est facile d'imaginer ce que fut le succès du premier sermon qu'il prononça à Tron Church, au lendemain de ces révélations. Dans la soirée du 30 juin, les fidèles étaient accourus en foule. On s'écrasait littéralement à l'intérieur de cette église, trois fois trop petite, et sur le carrefour dont les rues s'ouvrent devant sa façade. Lorsque le prédicateur parut en chaire, il y eut un tonnerre d'applaudissements. On se serait cru au théâtre, à l'instant où le rideau se relève sur un artiste rappelé par les hurrahs enthousiastes de la salle. Cent millions, deux cents millions, trois cents millions — on finirait par arriver au milliard, — voilà ce que représentait ce phénoménal Tyrcomel et ce dont il faisait fi ! Et il recommença son discours habituel, où l'on remarqua cette phrase, dont l'effet fut prodigieux :

« Un homme est là, qui, d'un seul mot pourrait faire sortir des entrailles du sol des millions par centaines, et, ce mot, il ne le dira pas ! »

Cette fois, et pour cause, maître Antifer et ses compagnons ne se trouvaient point parmi les assistants. Mais, derrière un des piliers de la nef, on aurait pu remarquer un auditeur de type étranger que personne ne connaissait, trente à trente-cinq ans au plus, cheveux et barbe noirs, traits durs, physionomie peu rassurante. Comprenait-il la langue que parlait le révérend Tyrcomel? nous ne saurions l'affirmer. Quoi qu'il en soit, debout, dissimulé dans la pénombre, il dévisageait le prédicateur. Ses yeux, allumés de flammes, ne le perdaient pas de vue.

Cet homme garda cette attitude jusqu'à la fin du sermon, et, lorsque les dernières paroles eurent soulevé les applaudissements de l'auditoire, il s'ouvrit passage à travers la foule, afin de se rapprocher du clergyman. Voulait-il donc s'attacher à ses pas, l'accompagner hors de l'église, jusqu'à sa maison de la Canongate? Cela n'est que trop certain, puisqu'il joua des coudes avec une incomparable vigueur sur les marches du porche.

Ce soir-là, le révérend Tyrcomel ne devait pas revenir seul à son domicile. Un millier de personnes lui faisait cortège, prêtes à le porter en triomphe. Le personnage susdit se tenait derrière lui, sans mêler ses cris à ceux de ces enthousiastes.

Lorsque le populaire orateur fut arrivé devant sa maison, il gravit une des marches extérieures, et adressa à ses fidèles quelques paroles qui provoquèrent une nouvelle salve de hurrahs et de hips ! Puis, il s'enfonça sous l'allée obscure, sans s'apercevoir qu'un intrus venait de l'y suivre.

La foule ne se dispersa que lentement en faisant retentir la rue de ses tumultueuses clameurs.

Tandis que le révérend Tyrcomel montait l'étroit escalier qui conduisait à son troisième étage, l'inconnu le montait à pas sourds et si doucement qu'un chat n'eût pas frôlé plus légèrement les marches.

Le clergyman, arrivé au palier, entra dans sa chambre, et referma la porte.

L'autre s'arrêta sur le palier, se tapit dans un angle très obscur et attendit.

Que se passa-t-il?...

Le lendemain, les locataires de la maison furent surpris de ne point voir le clergyman sortir à son heure habituelle, dès le lever du jour. On ne l'aperçut même pas de toute la matinée. Plusieurs personnes qui venaient lui rendre visite, frappèrent inutilement à sa porte.

Cela parut si suspect que, dans l'après-midi, un des voisins crut devoir faire une démarche au bureau de police. Le constable et ses agents se transportèrent à la maison du clergyman, ils montèrent l'escalier, ils frappèrent à la porte, et, comme on ne leur répondait pas, ils l'enfoncèrent de ce coup d'épaule spécial que possèdent les officiers de la force publique.

Quel spectacle! On avait évidemment crocheté la porte... on s'était introduit dans la chambre... on l'avait fouillée de fond en comble... L'armoire était ouverte et vidée des quelques vêtements qu'elle contenait et qu'on avait jetés à terre... La table était renversée... La lampe gisait dans un coin... Livres et papiers jonchaient le plancher... Et là, près du lit à demi démantibulé, la couverture écartée, solidement attaché, hermétiquement bâillonné, apparaissait le révérend Tyrcomel...

On se hâta de lui porter secours. A peine respirait-il sous son épais bâillon... Il avait totalement perdu connaissance... Depuis combien de temps?... Lui seul pourrait le dire, s'il reprenait jamais ses esprits...

VII

LA CANONGATE ET LE CHATEAU D'ÉDIMBOURG.

Il fallut le frictionner énergiquement sans que besoin eût été de le déshabiller, puisqu'il était presque nu, sa chemise arrachée, sa poitrine et ses épaules à l'air.

Et, au moment où l'un des agents allait le frotter suivant les règles, le constable ne put retenir un cri de surprise. Ne venait-il pas d'apercevoir des lettres et des chiffres imprimés sur l'épaule gauche du révérend Tyrcomel?...

En effet, un tatouage, très lisible encore, formait une inscription qui ressortait en couleur brune sur la peau blanche du clergyman... Et cette inscription était ainsi libellée :

$$77°19' N.$$

On l'a compris, c'était la latitude tant cherchée!... Plus de doute, le père du clergyman, pour être certain de ne pas la perdre, l'avait inscrite sur l'épaule de son fils, jeune alors, comme il l'eût inscrite sur un calepin... Un calepin peut s'égarer, non une épaule!... Voilà comment, et bien qu'il eût réellement brûlé la lettre de Kamylk-Pacha adressée à son père, le révérend Tyrcomel possédait cette inscription si bizarrement placée, — inscription qu'il n'avait jamais eu, d'ailleurs, la curiosité de lire, en s'aidant d'une glace.

Mais, certainement, il l'avait lue, le malfaiteur qui s'était introduit dans sa chambre pendant le sommeil du clergyman... Celui-ci avait surpris ce misérable, fouillant son armoire, consultant ses papiers... En vain avait-il voulu lutter... Après l'avoir lié et bâillonné, ce coquin s'était enfui, le laissant à demi étouffé...

Tels furent les détails que l'on apprit de la bouche même du révérend Tyrcomel, lorsque les soins qui lui furent donnés par un médecin, requis en toute hâte, l'eurent rappelé au sentiment des choses. Il raconta ce qui s'était passé... A son avis, cette agression n'avait eu pour but que de lui arracher le secret de l'îlot aux millions qu'il se refusait à livrer...

Quant à ce malfaiteur, il avait pu le voir alors qu'il se débattait contre lui. Il était donc à même de donner son signalement très exact. Et, à ce propos, il parla de la visite qu'il avait reçue de deux Français et d'un Maltais, venus à Édimbourg pour le questionner au sujet du legs de Kamylk-Pacha.

C'était une indication pour le constable, qui

commença immédiatement son enquête. Deux heures après, la police découvrait que les étrangers en question étaient descendus depuis quelques jours à *Gibb's Royal Hotel.*

Et, ma foi, ce fut heureux pour maître Antifer, le banquier Zambuco, Gildas Trégomain, Juhel et Ben-Omar qu'ils pussent exciper d'un incontestable alibi. Le Malouin n'avait point abandonné son lit; le jeune capitaine et le gabarier n'avaient point quitté sa chambre; le banquier Zambuco et le notaire n'étaient pas un instant sortis de l'hôtel. Et, d'ailleurs, aucun d'eux ne répondait au signalement donné par le clergyman.

Aussi, nos chercheurs de trésor ne furent-ils pas mis en état d'arrestation, et l'on sait si les prisons du Royaume-Uni relâchent volontiers les hôtes auxquels elles fournissent gratis le logement et la nourriture !

Il est vrai, il y avait encore Saouk...

Eh bien, c'était Saouk l'auteur de cet attentat... C'était lui qui avait fait ce coup pour voler son secret au révérend Tyrcomel... Et, maintenant, grâce aux chiffres qu'il avait pu lire sur l'épaule du clergyman, il était le maître de la situation. Connaissant d'autre

part la longitude indiquée sur la notice de
l'îlot de la baie Ma-Yumba, il possédait les éléments nécessaires pour déterminer le gisement du troisième îlot.

Infortuné Antifer! Il ne te manquait plus
que ce dernier coup pour devenir fou à lier!

En effet, d'après le signalement reproduit
par les journaux, maître Antifer, Zambuco,
Gildas Trégomain et Juhel ne purent en douter : c'était bien à ce Nazim, à ce clerc de
Ben-Omar, que le révérend Tyrcomel avait eu
affaire.

Aussi, lorsqu'ils apprirent qu'il avait disparu, ils tinrent pour établi : 1º qu'il avait
pris connaissance des chiffres du tatouage;
2º qu'il était parti pour le nouvel îlot afin d'entrer en possession de l'énorme trésor.

Le moins étonné de tous fut Juhel, dont on
connaît les soupçons à l'endroit de Nazim, et,
après lui, Gildas Trégomain auquel le jeune
capitaine les avait fait partager. Quant à la
colère de maître Antifer et de Zambuco,
poussée aux dernières limites, elle trouva
heureusement un exutoire dans la personne
du notaire.

Il va de soi que Ben-Omar était plus cer-

tain que personne de la culpabilité de Saouk.
Et comment aurait-il pu hésiter, étant au
courant de ses intentions, le sachant homme
à ne reculer devant rien — pas même devant
un crime.

Quelle scène, entre toutes celles qu'avait
subies le notaire! Par ordre de maître Antifer,
Juhel alla le chercher et l'introduisit dans la
chambre du malade! Malade, est-ce qu'on l'est
jamais... est-ce que l'on peut continuer de
l'être, en face d'une telle situation? Et puis,
comme l'avait déclaré le médecin, si maître
Antifer était atteint d'une fièvre bilieuse, eh
bien! il se présentait là une belle occasion
d'épancher sa bile et de guérir à la suite de
cet épanchement!

Nous renonçons à décrire la manière dont
fut traité le malheureux Ben-Omar. Il dut reconnaître tout d'abord que l'acte attentatoire
sur la personne du clergyman, le vol... oui,
misérable Omar!... le vol était l'œuvre de
Nazim!... Eh quoi!... Voilà comment ce ta-
bellion choisissait les clercs de son étude?...
Voilà l'homme qu'il avait amené pour l'assister dans ses opérations d'exécuteur testamentaire?... Voilà le coquin, le gueux, le sacripant,

dont il n'avait pas craint d'imposer la présence à maître Antifer et à ses compagnons!... Et maintenant, cette canaille... oui! cette canaille!... s'était enfuie... et elle possédait le gisement de l'îlot numéro trois... et elle s'emparerait des millions de Kamylk-Pacha... et il serait impossible de lui mettre la main dessus!... Allez donc courir après un bandit d'origine égyptienne, qui dispose de sommes folles pour garantir sa sécurité et assurer son impunité!...

« Ah!... Saouk!... Saouk! »

Ce nom échappa au notaire abasourdi... Tous les soupçons de Juhel furent justifiés... Nazim n'était pas Nazim... C'était Saouk, le fils de Mourad, déshérité par Kamylk-Pacha au profit des colégataires...

« Comment... c'était Saouk? » s'écria Juhel.

Ben-Omar voulut revenir sur ce nom qui lui était échappé... Sa contenance, sa terreur, son abattement, démontrèrent trop visiblement que Juhel ne se trompait pas.

« Saouk! » répéta maître Antifer, qui s'élança d'un bond hors de son lit.

Et, dans l'effort que fit sa mâchoire, quand il prononça ce nom abhorré, son caillou, filant comme une balle, vint frapper le notaire en pleine poitrine.

Et, si ce ne fut pas ce projectile qui le renversa sur le plancher, cefut du moins un maître coup de pied, — un coup de pied tel que jamais notaire d'Égypte ou d'ailleurs n'en a reçu au bas des reins. Et Ben-Omar resta aussi aplati qu'on peut l'être, lorsque cela ne va pas jusqu'à l'écrasement total.

Ainsi, Nazim, c'était ce Saouk, qui avait juré de s'emparer du trésor par tous les moyens, et dont maître Antifer devait redouter la criminelle intervention!...

Au surplus, après le déversement de cette variété de jurons maritimes que peut fournir le répertoire d'un capitaine au grand cabotage, maître Antifer éprouva un réel soulagement, et, lorsque Ben-Omar, les épaules basses, le ventre rentré, sortit de sa chambre pour s'aller enfermer dans la sienne, il se sentait déjà mieux. Hâtons-nous de dire que ce qui acheva de le remettre sur ses jambes, ce fut la nouvelle rapportée à quelques jours de là par un des journaux de la ville.

On sait de quoi les reporters et interviewers sont capables!... De tout, confessons-le. A cette époque, ils commençaient à intervenir dans les affaires publiques et privées avec un entrain, une perspicacité, une audace qui en ont fait les agents d'un nouveau pouvoir exécutif.

Or, il advint que l'un d'eux fut assez adroit pour obtenir communication du tatouage dont le père du révérend Tyrcomel avait illustré l'épaule gauche de son fils. Il en fit faire un fac-similé, et ce fac-similé fut reproduit dans une feuille quotidienne dont le tirage, ce jour-là, monta de dix à cent mille.

Puis l'Écosse, puis la Grande-Bretagne, puis le Royaume-Uni, puis l'Europe, puis le monde entier, eurent connaissance de la fameuse latitude du troisième îlot : soixante-dix-sept degrés dix-neuf minutes nord.

En réalité, cela n'avançait pas beaucoup les curieux, et ils n'eussent pas été capables de résoudre ce qu'on appelait déjà « le problème du trésor », puisque, sur deux de ses éléments, il leur en manquait un... la longitude.

Mais, il la possédait cette longitude, lui, maître Antifer, — tout comme Saouk du reste, — et, lorsque Juhel lui apporta le journal en question, lorsqu'il eut pris connaissance du fac-similé, il rejeta ses draps, il se précipita

hors de son lit... Il était guéri... guéri comme
jamais aucun malade ne l'a été par les chirur-
giens du Collège Royal, ou les docteurs de
l'Université d'Édimbourg !

Le banquier Zambuco, Gildas Trégomain,
le jeune capitaine auraient en vain essayé de
joindre leurs forces pour contenir maître
Antifer. On dit qu'une ardente foi religieuse
peut opérer de ces guérisons... Eh bien ! pourquoi la foi au Dieu de l'or ne serait-elle pas
capable de pareils miracles ?

« Juhel, as-tu racheté un atlas ?...

— Oui, mon oncle.

— La longitude du troisième îlot donnée
par le document de la baie Ma-Yumba est
bien quinze degrés onze minutes est ?...

— Oui, mon oncle.

— La latitude tatouée sur l'épaule du clergyman est bien soixante-dix-sept degrés dix-
neuf minutes nord ?

— Oui, mon oncle.

— Eh bien... cherche où est situé l'îlot numéro trois ? »

Juhel alla prendre l'atlas, l'ouvrit à la carte
des mers septentrionales, releva exactement
au compas le point d'intersection du pa-

ralléle et du méridien indiqués, et répondit :

« Spitzberg, extrémité sud de la grande île. »

Le Spitzberg ?... Comment... c'était dans les parages de cette terre hyperboréenne que Kamylk-Pacha avait été choisir l'ilot où gisaient ses diamants, ses pierres précieuses, son or... si c'était le dernier...

« En route, s'écria maître Antifer, et dès aujourd'hui, si nous trouvons un navire en partance !

— Mon oncle... s'écria Juhel.

— Il ne faut pas donner à ce misérable Saouk le temps de nous devancer !...

— Tu as raison, mon ami, dit le gabarier.

— En route ! » répéta impérieusement Pierre-Servan-Malo.

Puis il ajouta :

« Qu'on prévienne cet imbécile de notaire, puisque Kamylk-Pacha a voulu qu'il fût présent à la découverte du trésor ! »

Il n'y avait qu'à s'incliner devant la volonté de maître Antifer, appuyée de la volonté du banquier Zambuco.

« Encore est-il heureux, dit le jeune capitaine, que ce farceur de pacha ne nous envoie pas aux antipodes ! »

XIV

Dans lequel maître Antifer recueille
un nouveau document signé du monogramme
de Kamylk-Pacha.

Maître Antifer et ses quatre compagnons,
— Ben-Omar compris, — n'avaient plus qu'à
se rendre à Bergen, l'un des principaux ports
de la Norvège occidentale.

Résolution aussitôt prise, aussitôt mise à
exécution. Étant donné que Nazim, autrement
dit Saouk, avait une avance de quatre à cinq
jours, il ne fallait pas perdre une heure. La
boule de midi n'était pas tombée à l'Observatoire d'Édimbourg que le tramway déposait
nos cinq personnages à Leith, où ils espéraient
trouver un steamer en partance, Bergen étant

la première étape tout indiquée d'un itinéraire
qui devait aboutir au Spitzberg.

La distance d'Édimbourg à ce port n'est que
de quatre cents milles environ. De ce point, il
serait facile de gagner rapidement le port le
plus septentrional de la Norvège, Hammerfest,
en prenant passage sur le steamer qui, pendant
la belle saison, fait un service de touristes
jusqu'au cap Nord.

De Bergen à Hammerfest, on ne compte
guère plus de huit cents milles, et à peu près
six cents d'Hammerfest à l'extrémité méridionale du Spitzberg, indiquée par le relève-
ment gravé sur l'épaule du révérend Tyrcomel. Pour franchir cette dernière étape, il
serait nécessaire d'affréter un bateau en état
de tenir la mer. Mais on était à une époque
de l'année où les mauvais temps ne désolent
pas encore les parages de l'océan Arctique.

Restait la question d'argent. Ce troisième
voyage de recherches serait certainement très
coûteux, surtout dans le parcours compris
entre Hammerfest et le Spitzberg, puisqu'il
faudrait noliser un bâtiment. La bourse de
Gildas Trégomain commençait à s'épuiser,
après tant de frais depuis le départ de Saint-

Malo . Très heureusement, la signature du banquier valait de l'or. Il y a de ces gens particulièrement favorisés de la fortune, qui peuvent plonger leurs mains dans n'importe quelles caisses de l'Europe. Zambuco était de ceux-là. Il mit son crédit à la disposition de son cohéritier. Les deux beaux-frères compteraient ensuite. Le trésor, et à défaut du trésor, le diamant de l'un n'était-il pas là pour lui permettre de rembourser à l'autre ce qu'il aurait avancé ?

Donc, avant de quitter Édimbourg, le banquier avait fait une visite très fructueuse à la Banque d'Écosse, où il trouva un excellent accueil. Ainsi lestés, nos voyageurs pouvaient aller au bout du monde, et qui sait s'ils n'y allaient point, du train dont marchaient les choses !

A Leith, situé à un mille et demi sur le golfe du Forth, il y a toujours nombre de bâtiments. S'en rencontrerait-il un qui fût en partance pour la côte norvégienne ?

Il y en avait un. Cette fois, la bonne chance semblait favoriser Pierre-Servan-Malo.

Si ledit bâtiment ne partait pas le jour même, il devait appareiller le surlendemain.

C'était un simple navire de commerce, le steamer *Viken*, qui voulut bien prendre des passagers pour Bergen moyennant un bon prix. De là, nécessité d'attendre trente-six heures, pendant lesquelles l'oncle de Juhel rongea son frein à le briser entre ses dents. Il ne permit même pas à Gildas Trégomain et à Juhel d'aller flâner à Édimbourg, — ce dont fut fort marri notre gabarier, bien que mis en appétit par les millions du pacha.

Enfin, le matin du 7 juillet, le *Viken* démarra du bassin des docks, emportant maître Antifer et ses compagnons, dont l'un succomba au premier coup de roulis, — on devine lequel, — dès que le bâtiment eut doublé le « pier », qui se projette d'un mille sur le golfe.

Bref, deux jours après, le traversée n'ayant point été mauvaise, le steamer eut connaissance des hautes terres de Norvège, et, vers trois heures du soir, il entra dans le port de Bergen.

Il va de soi qu'avant de quitter Édimbourg, Juhel avait fait l'acquisition d'un sextant, d'un chronomètre, d'une *Connaissance des Temps*, destinés à remplacer les livres et instruments perdus lors du naufrage du *Portalègre* dans les parages de Ma-Yumba.

Évidemment, si l'on avait pu affréter à Leith un navire pour le Spitzberg, cela eût fait gagner du temps; mais l'occasion ne s'était pas présentée.

Du reste, la patience de maître Antifer, plus que jamais obsédé par l'image de Saouk, ne fut pas mise à une trop rude épreuve en ce port. Le paquebot qui fait le service du cap Nord était attendu pour le surlendemain. Toutefois, ces trente-six heures lui parurent ultra-longues, ainsi qu'au banquier Zambuco. Ni l'un ni l'autre ne consentirent à quitter leur chambre de l'*Hôtel de Scandinavie*. D'ailleurs, il pleuvait, car, paraît-il, la pluie tombe trois jours sur trois à Bergen, qui occupe le fond d'une sorte de large cuvette, formée par les montagnes environnantes. Les Bergennois y sont faits.

Cela n'empêcha point le gabarier et Juhel d'employer leurs loisirs à parcourir la ville. Maître Antifer, entièrement guéri de sa fièvre, ne leur avait pas imposé de demeurer près de lui. A quoi bon? Pour ce concert de malédictions dont ils chargeaient ce misérable Saouk, qui les précédait sur le chemin du trésor, les deux colégataires se suffisaient.

16

Nous conviendrons que de n'avoir pu visiter la superbe Édimbourg, cela ne saurait
être compensé par une promenade à travers les rues de Bergen, qui fut l'une des
villes importantes de la Ligue Hanséatique.
Ce n'est pas plus intéressant que ne l'est un
immense marché aux poissons. Il est vrai,
jamais Gildas Trégomain n'avait contemplé
tant de barils de harengs, un tel déballage de
ces morues pêchées aux îles Loffoden, un pareil stock de ces saumons, dont la consommation est si considérable en Norvège. Aussi
quelle odeur caractéristique, non seulement
aux environs du quai, accosté de quelques
centaines de chaloupes, non seulement au voisinage de ces hautes maisons revêtues d'un
robbage blanchâtre, où s'opère la répugnante
manipulation poissonnière, mais dans les magasins riches de bijoux anciens, de tapisseries
antiques, de fourrures d'ours blancs et d'ours
noirs, même jusqu'à l'intérieur du Musée,
jusqu'aux villas éparses sur les deux bras
du fiord, qu'une étroite langue de terre sépare
d'un grand lac d'eau douce, bordé de pittoresques maisons de campagne!

Bref, Gildas Trégomain et Juhel avaient

suffisamment arpenté la ville et ses environs, lorsque, dès les premières heures du 11 juillet, le paquebot vint faire escale à Bergen. A dix heures, il en repartit avec sa cargaison de touristes, désireux de contempler le soleil de minuit sur l'horizon du cap Nord.

Voilà un phénomène qui laisserait indifférent maître Antifer, et aussi le banquier Zambuco, et aussi le notaire Ben-Omar, étendu comme une morue vidée sur le cadre de sa cabine !

Une charmante traversée, cependant, que faisait là le *Viken* en longeant la côte norvégienne, ses fiords profonds, ses glaciers étincelants dont quelques-uns descendent jusqu'au niveau de la mer, ses montagnes d'arrière-plan aux cimes perdues dans le flottement des vapeurs hyperboréennes.

Ce qui enrageait le plus maître Antifer, c'était les arrêts du paquebot, combinés de façon à satisfaire la curiosité des touristes; c'était les escales aux endroits recommandés par les itinéraires. La pensée que Saouk devait avoir sur lui une avance de plusieurs jours, l'entretenait dans un état d'irritation très désagréable pour ceux qui l'approchaient.

Les remontrances de Gildas Trégomain et de Juhel étaient inefficaces, et si le Malouin finit par mettre un terme à ses objurgations, c'est que le capitaine du paquebot le menaça d'un débarquement immédiat, en cas qu'il persisterait à troubler la tranquillité du bord.

Donc, malgré lui, maître Antifer dut relâcher à Drontheim, la vieille cité de Saint-Olaf, moins considérable que Bergen, mais plus intéressante peut-être.

On ne s'étonnera pas que maître Antifer et Zambuco eussent refusé de débarquer. Quant à Gildas Trégomain et Juhel, ils profitèrent de leurs loisirs pour explorer la ville.

A Drontheim, si les yeux des touristes ont lieu d'être satisfaits dans une certaine mesure, il n'en est pas ainsi de leurs pieds. C'est à croire que les rues ont été pavées en tessons de bouteilles, tant elles sont hérissées de pierres pointues.

« Les cordonniers doivent faire vite fortune en ce pays, » observa très judicieusement le gabarier, qui s'essayait en vain à ne point compromettre ses semelles.

Les deux amis ne trouvèrent un sol acceptable que sous les voûtes de la cathédrale, où

les souverains, dès qu'ils ont été couronnés
rois de Suède à Stockholm, viennent se faire
couronner rois de Norvège à Drontheim. Juhel
remarqua que si ce monument, d'architecture
romano-gothique, nécessitait de sérieuses ré-
parations, il n'en a pas moins une réelle valeur historique.

Après [avoir [visité consciencieusement la
cathédrale, puis le vaste cimetière qui l'en-
toure, après avoir suivi les rives de cette
large Nid, dont les eaux, accrues ou décrues
par le flot et le jusant, arrosent la ville entre
les longues estacades de bois qui servent de
quais, après avoir, comme de juste, respiré
les émanations ultra-salines du marché aux
poissons, que Drontheim pourrait sans dommage changer contre celui de Bergen, après
avoir traversé le marché aux légumes, presque
uniquement [approvisionné par les envois de
l'Angleterre, enfin après s'être aventurés de
l'autre côté de la Nid jusqu'au faubourg que
domine une] vieille citadelle, Gildas Trégomain et Juhel revinrent à bord, exténués. Une
lettre adressée à Énogate, et qui contenait un
aimable post-scriptum de la grosse main et
de la grosse écriture du gabarier, fut mise

16.

le soir même à la poste pour Saint-Malo.

Le lendemain, au jour naissant, le *Viken* démarra, emportant quelques nouveaux passagers, et il reprit sa route vers les hautes latitudes. Toujours des arrêts, toujours des escales, dont pestait maître Antifer! Au passage du cercle arctique, figuré par un fil tendu sur le pont du paquebot, il refusa de sauter par-dessus, tandis que Gildas Trégomain se conforma de bonne grâce à cette tradition. Enfin, en gagnant vers le nord, le steamer évita le fameux Maëlstrom, dont les eaux mugissantes tournoient dans un remous gigantesque. Puis, ce furent les îles Loffoden, cet archipel si fréquenté des pêcheurs norvégiens, qui apparut à l'ouest, et le 17, le *Viken* vint jeter l'ancre dans le port de Tromsö.

Dire que pendant cette traversée, il avait plu seize heures sur vingt-quatre, ce ne serait juste que pour les chiffres. Mais le verbe « pleuvoir » est insuffisant à donner l'idée de pareils déluges. Dans tous les cas, ces cataractes n'étaient point pour déplaire à nos voyageurs. Cela prouvait que la température se tenait à un degré relativement élevé. Or, ce qu'il y avait de plus à craindre pour des gens qui cher-

chaient à gagner le soixantième-dix-septième
parallèle, c'était la survenance des froids arctiques, qui auraient pu rendre très difficiles,
et même impossibles les approches du Spitzberg. A cette époque de l'année, en juillet, il
est déjà tard pour commencer une navigation
en ces hauts parages. La mer peut se soli-
difier soudain sous l'influence d'une saute de
vent. Et, pour peu que maître Antifer fût retenu à Hammerfest jusqu'au moment où les
premières glaces dérivent vers le sud, ne
serait-il pas imprudent de les affronter sur
une chaloupe de pêche?

Aussi était-ce là une des préoccupations,
et l'une des plus sérieuses craintes de
Juhel.

« Et si la mer se prenait d'un coup?... lui
demanda un jour Gildas Trégomain.

— Si la mer se prenait, mon oncle serait
homme à hiverner au cap Nord pour attendre
la saison prochaine!

— Eh! mon garçon, on ne peut pourtant
pas abandonner des millions!... » répliqua le
gabarier.

Décidément, il n'en démordait plus, l'ancien
marinier de la Rance! Que voulez-vous! Les

diamants de la baie Ma-Yumba ne lui sortaient plus de la tête!

Et pourtant, après avoir cuit sous le soleil du Loango, venir geler dans les glaciers de la Norvège septentrionale!... Satané pacha du diable!... Pourquoi s'était-il avisé d'enfouir son trésor en des régions invraisemblables!

Le *Viken* ne relâcha que quelques heures à Tromsö, où les passagers purent pour la première fois se mettre en contact avec les indigènes de la Laponie. Puis, le matin du 21 juillet, il donna dans l'étroit fiord d'Hammerfest.

Là débarquèrent enfin maître Antifer et le banquier Zambuco, Gildas Trégomain et Juhel, et aussi Ben-Omar, encaqué comme poisson sec. Le lendemain, le *Viken* allait emporter les touristes jusqu'au cap Nord, la pointe la plus avancée de la Norvège septentrionale. Mais il se souciait bien du cap Nord, Pierre-Servan-Malo! Ce n'est pas ce caillou géographiquement célèbre, qui pouvait rivaliser dans son esprit avec l'îlot numéro trois de la région spitzbergienne!

Comme il convient, on trouve un *Nord Polen Hotel* à Hammerfest, et c'est là que vinrent se loger le Malouin et sa suite.

Les voilà maintenant dans la ville qui se trouve à la limite des contrées habitables. Environ deux mille habitants y occupent des maisons de bois, une trentaine de catholiques, le reste des protestants. Les Norvégiens sont des hommes de belle race, surtout les marins et les pêcheurs, malheureusement enclins à l'ivrognerie. Quant aux Lapons, ils sont petits, — ce que l'on ne saurait reprocher à des Lapons, — mais très laids de figure, avec leur immense bouche, leur nez de Kalmouk, leur teint jaunâtre, leur chevelure ébouriffée comme une crinière, — très travailleurs et très industrieux, il faut le reconnaître.

Dès qu'ils eurent retenu leur chambre à *Nord Polen Hotel*, maître Antifer et ses compagnons, désireux de ne pas perdre une heure, allèrent à la recherche d'un bâtiment qui pût les transporter au Spitzberg. Ils se dirigèrent vers le port, alimenté par les eaux limpides d'une jolie rivière, contrebuté d'estacades sur lesquelles s'élèvent des maisons et des magasins, — le tout empesté de l'odeur des sécheries voisines.

Hammerfest est par excellence la ville du poisson et de tous les produits qu'on peut ti-

rer de la pêche. Les chiens en mangent, les
bestiaux en mangent, les moutons et les
chèvres en mangent, et les centaines de bateaux, qui vont travailler sur ces parages mi-
raculeux, en rapportent encore plus qu'on en
peut manger. Ville singulière, en somme,
cette Hammerfest, pluvieuse s'il en fût, éclairée par les longs jours de l'été, assombrie par
les longues nuits de l'hiver, qu'illumine fré-
quemment le faisceau des aurores boréales
d'une inexprimable magnificence!

A l'entrée du port, maître Antifer et ses
compagnons s'arrêtèrent au pied d'une colonne de granit, coiffée d'un chapiteau de
bronze aux armes norvégiennes, et surmon-
tée d'un globe terrestre. Cette colonne, érigée
sous le règne d'Oscar Ier, est commémora-
tive des travaux qui furent entrepris pour la
mesure du méridien entre les bouches du
Danube et Hammerfest. De ce point, nos
voyageurs se dirigèrent vers les estacades au
bas desquelles s'amarrent les bateaux de tout
gréement et de tout tonnage, qui se livrent à
la grande et la petite pêche sur les eaux de la
mer polaire.

Mais, demandera-t-on, comment vont-ils se

faire comprendre?... Est-ce que l'un d'eux sait le norvégien?... Non, mais Juhel savait l'anglais, et, grâce à cette langue cosmopolite, on a quelques chances d'être compris dans les pays scandinaves.

En effet, la journée ne s'était pas écoulée, que, moyennant un prix certainement excessif, — pourquoi y aurait-on regardé? — un bateau de pêche, le *Kroon*, jaugeant une centaine de tonneaux, commandé par le patron Olaf, monté par un équipage de onze hommes, était affrété pour le Spitzberg. Il devait y conduire ses passagers, il les y attendrait pendant leurs recherches, il chargerait les marchandises quelconques qu'il leur conviendrait d'embarquer, et il les ramènerait à Hammerfest.

Heureuse circonstance pour maître Antifer! Il lui sembla que les atouts revenaient à son jeu. En outre, Juhel s'étant enquis si un étranger avait été vu à Hammerfest quelques jours auparavant, si personne ne s'était embarqué pour le Spitzberg... on avait répondu négativement à ces deux questions. Donc, il ne paraissait pas que Saouk, — oh! ce misérable Omar! — eût devancé les cohéritiers de

Kamylk-Pacha, à moins qu'il ne se fût rendu
à l'ilot numéro trois par une autre route...
Mais y avait-il lieu de le supposer, puisque
celle-ci est la plus directe?

Le reste de la journée se passa en promenades. Maître Antifer et le banquier Zambuco
étaient persuadés, cette fois, qu'ils touchaient
au but.

Lorsque chacun alla se coucher vers onze
heures du soir, il faisait encore jour, et le crépuscule ne devait s'éteindre que pour se ral-
lumer presque aussitôt aux irradiations de
l'aube.

A huit heures du matin, le *Kroon*, aidé
d'une bonne brise du sud-est, sortait du port
sous ses voiles en pointe, et mettait le cap au
nord.

Environ six cents milles à franchir, cela
demanderait au plus cinq jours, si le beau
temps favorisait cette dernière traversée. Il
n'y avait pas à redouter la rencontre des
glaces en dérive vers le sud, ni que les abords
du Spitzberg fussent encombrés par les ice-
fields en formation. La température se tenait
à une moyenne normale, et les vents régnants rendaient improbable un brusque

coup de gel. Le ciel, sillonné de nuages qui
se résolvaient parfois en pluie, non en neige,
ne présentait point un aspect inquiétant.
Parfois, de belles éclaircies laissaient percer
les rayons du soleil. Juhel pouvait donc espérer que le disque radieux serait visible,
lorsque, le sextant à l'œil, il l'interrogerait
pour fixer le gisement du troisième îlot.

Décidément, la bonne chance continuait, et
rien n'autorisait à penser, après avoir conduit
ses héritiers sur l'extrême limite de l'Europe, que Kamylk-Pacha aurait la fantaisie
de les envoyer une quatrième fois à quelques
milliers de lieues du Spitzberg.

Le *Kroon* avait toujours rapidement marché,
le vent plein ses voiles. Le patron Olaf avouait
n'avoir jamais fait de navigation plus heureuse.
Aussi, dès quatre heures du matin, le 26 juillet, des hauteurs furent-elles signalées vers
le nord, à l'horizon d'une mer libre de toutes
glaces.

C'étaient les premières avancées du Spitzberg, et Olaf les connaissait bien pour avoir
souvent pêché dans ces parages.

Un coin du globe assez peu visité, il y a
quelque vingt ans, ce Spitzberg, mais qui tend

17

peu à peu à compter dans le domaine du tourisme. Le temps n'est pas éloigné, sans doute, où l'on délivrera des billets d'aller et retour pour cette possession norvégienne, comme on en délivre actuellement pour le cap Nord, — en attendant qu'on aille au pôle du même nom.

Ce que l'on savait alors, c'est que le Spitzberg est un archipel qui se prolonge jusqu'au quatre-vingtième parallèle. Il est composé de trois îles : le Spitzberg proprement dit, l'île du Sud-Est, l'île du Nord-Est. Appartient-il à l'Europe ou à l'Amérique? Question d'un intérêt purement scientifique, et qu'il ne nous est pas permis de résoudre. Ce qu'il faut tenir pour certain, c'est que ce sont plus particulièrement les Anglais, les Danois, les Russes, dont les navires se livrent à la pêche de la baleine et à la chasse aux phoques. En somme, peu importait aux héritiers de Kamylk-Pacha que cet archipel fût d'une nationalité ou d'une autre, du moment qu'il allait leur livrer les millions bien dus à leur courage et à leur ténacité.

Spitzberg, ce mot indique des îles hérissées de roches pointues, escarpées, difficiles d'accès. Si ce fut l'Anglais Willouhby qui le découvrit en 1553, ce furent les Hollandais Barentz et Cornélius qui le baptisèrent de ce nom. Non seulement cet archipel comprend trois îles principales, mais ces îles sont entourées d'îlots nombreux.

Après avoir pointé sur la carte la longitude 15°11′ est et la latitude 77°19′ nord du gisement indiqué, Juhel donna l'ordre au patron Olaf de rallier l'île du Sud-Est, la plus méridionale de l'archipel.

Le *Kroon* marcha rapidement sous une bonne brise, qui lui permit de porter plein. Les quatre à cinq milles qui l'en séparaient furent franchis en moins d'une heure.

Le *Kroon* mouilla à deux encablures d'un îlot, que dominait un haut promontoire abrupt, dressé à l'extrémité de l'île.

Il était alors midi et quart. Maître Antifer, Zambuco, Ben-Omar, Gildas Trégomain, Juhel embarquèrent dans la chaloupe du *Kroon* et se dirigèrent vers l'îlot.

Immense vol de mouettes, de guillemots et autres oiseaux polaires, qui s'enfuirent en jetant des cris assourdissants. Rapide débandade d'une troupe de phoques, lesquels se hâtèrent de céder la place à ces intrus, non sans protester par des vagissements lamentables.

Allons, le trésor était soigneusement gardé !

A peine sur l'îlot choisi par Kamylk-Pacha, faute de canon et de pavillon, maître Antifer par un vigoureux coup de pied, prit possession de ce sol millionarisé.

Quelle invraisemblable chance après tant de déboires ! On n'avait pas même eu à choisir au milieu de cet amas de roches ! Du premier coup les chercheurs avaient débarqué sur ce point du globe où le riche Égyptien avait enfoui ses richesses !

L'îlot était désert, cela va sans dire. Pas une seule créature humaine à sa surface... Pas un seul de ces Esquimaux qui peuvent impunément habiter ces régions hyperboréennes... Du côté du large, pas un navire en vue... Rien que l'immensité de la mer arctique !

Maître Antifer et le banquier Zambuco ne pouvaient se contenir. Jusqu'au regard de poisson pâmé du notaire, qui s'allumait d'une petite flamme ! Gildas Trégomain, ému plus qu'il ne l'avait jamais été depuis le départ, le dos arrondi, les jambes écartées, n'était pas reconnaissable. Après tout, pourquoi n'aurait-il pas été heureux du bonheur de son ami ?...

Et, ce qui ajoutait encore aux joies de ce succès, c'est que le sol de cet îlot ne présentait aucune empreinte de pas. A coup sûr, personne n'y avait débarqué récemment. La terre, amollie par les pluies, eût conservé des vestiges. Donc, nul doute à l'égard de ce misérable Saouk. Le terrible fils de Mourad n'avait pu devancer les légitimes propriétaires du trésor. Ou bien il avait été arrêté en route, ou bien il avait subi des retards qui rendraient ses recherches inutiles, s'il arrivait après maître Antifer.

Ainsi que l'avait indiqué le premier document pour le premier îlot, le deuxième disait que les investigations devaient se porter sur l'une des pointes méridionales. Le groupe se dirigea vers celle de ces pointes qui s'allongeait le plus en mer. Ses saillies, nettement dessinées, n'étaient ni hérissées de varechs, ni empâtées de neiges, — ce qui faciliterait les recherches.

Lorsque la bonne fortune vous prend par la main, il n'y a qu'à se laisser conduire, et c'est ainsi que Pierre-Servan-Malo fut amené devant un roc, dressé comme une de ces stèles qui marquent le passage des navigateurs arctiques.

« Ici... ici! » s'écria-t-il d'une voix étranglée par l'émotion.

On accourut... on regarda...

Sur la face antérieure de cette stèle apparaissait le monogramme de Kamylk-Pacha, son double K, si profondément gravé que les morsures d'un climat polaire n'en avaient pu ronger les lignes.

Tous demeurèrent silencieux, et tous, — il faut bien l'avouer, — se découvrirent comme s'ils fussent arrivés devant la tombe d'un héros. Et, en vérité, si ce n'était qu'un simple trou, ce trou ne renfermait-il pas une centaine de millions?... Mais n'insistons pas, pour l'honneur de la nature humaine!

On se mit à l'œuvre. Cette fois, pic et pioche eurent rapidement fait sauter les éclats de roche au pied même de la stèle. A chaque coup, on s'attendait à ce que le fer rencontrât les cercles métalliques d'un baril ou en brisât les douves...

Soudain un grincement se produisit sous la pointe du pic que maniait maître Antifer.

« Enfin ! » vociféra-t-il, en retirant le morceau de roche qui recouvrait la fosse au trésor.

Mais, à ce cri de joie succéda un cri de désespoir, — un cri si violent qu'on l'eût entendu d'un kilomètre...

C'était le principal personnage de cette histoire qui l'avait jeté, après avoir laissé tomber son pic.

Dans ce trou il y avait une boîte, — une boîte métallique, marquée du double K, une boîte semblable aux deux autres qu'avaient livrées les îlots du golfe d'Oman et de la baie Ma-Yumba !

« Encore ! » gémit le gabarier, en levant les bras vers le ciel.

C'était bien le mot de la situation... oui !... encore !... Et encore il serait nécessaire, sans doute, d'aller à la découverte d'un quatrième îlot...

Maître Antifer, pris d'un accès de rage, ramassa son pic, et il en déchargea un si violent coup sur la boîte qu'elle se brisa...

Il s'en échappa un parchemin maculé, jauni, en fort mauvais état, — ce qui était dû à l'infiltration des pluies et des neiges dans l'intérieur de cette boîte.

Cette fois, pas le moindre diamant qui fût
destiné au révérend Tyrcomel, lequel n'avait
pas eu à subir les dépenses de ses colléga-
taires. C'était heureux! Un diamant à cet
énergumène?... Il se serait empressé de le
réduire en vapeurs!

Mais revenons au parchemin! S'en emparer,
le déplier avec précaution, car il risquait de
se déchirer, c'est ce que Juhel, qui seul avait
gardé son sang-froid, eut fait en un instant.

Maître Antifer, menaçant le ciel de son
poing, Zambuco, courbant la tête, Ben-Omar,
affaissé, Gildas Trégomain, tout yeux et tout
oreilles, gardaient un silence profond.

Le parchemin se composait d'une feuille
unique, dont la partie supérieure n'avait pas
été atteinte par l'humidité. Sur cette feuille,
plusieurs lignes, écrites en français comme
celles des précédentes notices, étaient assez
lisibles.

Juhel put donc en donner lecture presque
sans s'interrompre, et voici ce qu'elles disaient :

« Il y a trois hommes dont j'ai été l'obligé,
« et auxquels je veux laisser un témoignage
« de ma reconnaissance. Si j'ai déposé ces

VIII

« ENCORE! GÉMIT LE GABARIER. » (Page 283.)

« trois documents sur trois îlots différents,
« c'est que je tenais à ce que ces trois
« hommes, mis successivement en rapport les
« uns avec les autres dans leurs voyages,
« fussent unis par un indissoluble lien d'a-
« mitié... »

En fait, il avait bien réussi, l'excellent pacha!

« D'ailleurs, s'ils ont éprouvé quelques
« peines et fatigues pour arriver à prendre
« possession de cette fortune, ils n'en auront
« jamais éprouvé autant que j'en ai eu à su-
« bir pour la leur conserver!

« Ces trois hommes sont : le Français
« Antifer, le Maltais Zambuco, l'Écossais Tyr-
« comel. A défaut d'eux, si la mort les a reti-
« rés de ce monde, leurs héritiers naturels
« jouiront des mêmes droits à mon héritage.
« Donc, en présence du notaire Ben-Omar,
« que j'ai nommé mon exécuteur testamen-
« taire, cette boîte ayant été ouverte, et con-
« naissance ayant été prise de ce document,
« *qui est le dernier*, les colégataires pourront
« aller droit au quatrième îlot, où les trois
« barils contenant l'or, les diamants et les
« pierres précieuses ont été enterrés par mes
« soins. »

Malgré la déconvenue qu'on éprouvait en songeant à la nécessité d'un nouveau voyage, maître Antifer et les autres laissèrent échapper un soupir de soulagement. Enfin, ce quatrième îlot serait le dernier!... Il ne restait plus qu'à en connaître le gisement.

« Pour trouver cet îlot, continua Juhel, il suffit de mener... »

Malheureusement, la partie inférieure du parchemin avait été rongée... Les phrases étaient illisibles... La plupart des mots manquaient...

Et le jeune capitaine essayait en vain de les déchiffrer :

« Ilot... situé..., loi... géométrique...

— Va donc... va donc! » s'écria maître Antifer.

Mais Juhel ne pouvait continuer. Le bas du parchemin ne portait plus que des mots vagues qu'il cherchait vainement à relier entre eux... Quant aux chiffres de la latitude et de la longitude, il n'en restait pas trace...

Et Juhel de répéter la phrase commencée :

« Situé..., loi... géométrique... »

Enfin il y avait un dernier mot — le mot pôle qu'il parvint à lire...

« Pôle?... s'écria-t-il. Comment... ce serait au pôle Nord...

— A moins que ce ne soit au pôle Sud! » murmura désespérément le gabarier.

Décidément, c'était bien la mystification prévue!... Le pôle, maintenant, le pôle!... Est-ce que jamais un être humain a pu mettre le pied au pôle?...

Maître Antifer bondit sur son neveu, il lui arracha le document, il essaya de le lire à son tour, il ânonna encore les quelques mots à demi effacés...

Rien... rien qui permît de reconstituer les coordonnées du quatrième îlot... Il fallait renoncer à le jamais découvrir!...

Et, lorsque maître Antifer eut conscience que la partie était définitivement perdue, il fut frappé comme d'un coup de foudre et tomba raide sur le sol.

XV

Dans lequel on verra le doigt d'Énogate
décrire une circonférence, et quelles furent les conséquences
de cette innocente distraction.

Le 12 août, la maison de la rue des Hautes-
Salles, à Saint-Malo, était en joie. Deux fiancés
l'avaient quittée le matin, vers dix heures, au
milieu d'un nombreux concours d'amis et de
connaissances, parés de leurs habits de fête.

La mairie avait d'abord fait bon accueil à
ce cortège, l'église ensuite. Là, un charmant
discours de l'adjoint préposé aux mariages,
ici, un délicat sermon sur un de ces gracieux
sujets que n'abordait jamais le révérend Tyrcomel. Puis, tout ce monde avait reconduit à
leur domicile les deux fiancés, transformés en
époux par la double cérémonie civile et religieuse.

Et, de peur que le lecteur s'y trompe, étant
données les invraisemblables difficultés qui
avaient précédé leur mariage, nous dirons que
les deux époux étaient Énogate et Juhel.

Ainsi donc Juhel n'avait épousé ni une princesse, ni une duchesse, ni une baronne!
Énogate n'avait épousé ni un prince, ni un
duc, ni un baron! Faute d'un nombre respectable de millions, les désirs de leur oncle ne
s'étaient point réalisés. On est fondé à croire
qu'ils n'en seraient pas moins heureux.

Sans compter les deux principaux intéressés,
deux autres personnes rayonnaient de conten-
tement : d'une part, Nanon, qui venait d'assurer le bonheur de sa fille, de l'autre, Gildas
Trégomain, dont la belle redingote, le beau
pantalon, le beau chapeau de soie et les beaux
gants blancs attestaient qu'il avait rempli les
fonctions de témoin au profit de son jeune
ami Juhel.

Très bien!... Et maître Antifer Pierre-Servan-Malo, pourquoi n'en parlez-vous pas ?

Parlons-en, et aussi de ceux qui furent
associés à cette fatigante et désastreuse campagne, entreprise à la recherche d'un insaisis-
sable trésor.

Une heure après la découverte de la dernière notice sur l'îlot numéro trois, et qui
s'était terminée par un immense désappointement doublé d'un infini désespoir, les passagers du *Kroon* avaient regagné le bord. Maître
Antifer y fut rapporté entre les bras des matelots qui avaient été requis pour cette besogne.

Tout ne donnait-il pas à croire que sa raison avait succombé dans cette dernière catastrophe?... Oui, et pourtant ce malheur lui fut
épargné, et peut-être aurait-il mieux valu qu'il
eût à jamais perdu la conscience des choses de
ce monde! Du reste, son abattement était tel,
son accablement si profond, que ni Gildas
Trégomain ni Juhel ne purent lui arracher
une parole.

Ce voyage de retour s'accomplit aussi rapidement que possible par mer et par terre. Le
Kroon ramena ses passagers à Hammerfest;
puis le paquebot du cap Nord les débarqua à
Bergen. Le chemin de fer de Drontheim à
Christiania ne fonctionnant pas encore, ils
durent se diriger par voiture vers la capitale
de la Norvège. Un steamer les conduisit à Co-
penhague, et, enfin, les railways du Dane-

mark, de l'Allemagne, de la Hollande, de la Belgique, de la France, les transportèrent à Paris d'abord, à Saint-Malo ensuite.

Ce fut à Paris que maître Antifer et le banquier Zambuco prirent congé, fort mécontents l'un de l'autre. Mlle Talisma Zambuco demeurerait probablement fille sa vie durant. En fin de compte, il était écrit là-haut que ce ne serait pas Pierre-Servan-Malo qui la retirerait de cette pénible situation, contre laquelle elle luttait depuis tant d'années. Inutile d'ajouter que tous les frais de voyage avancés par Zambuco, en ce qui concernait la part contributive de maître Antifer, lui furent remboursés, et cela faisait un chiffre assez rond, je vous prie de le croire. Mais la vente du diamant lui permit de mettre encore une jolie somme dans sa poche. Il n'y aurait rien à regretter de ce chef.

Quant au notaire Ben-Omar, il ne demanda pas son reste.

« Maintenant, allez au diable ! lui dit maître Antifer en manière d'adieu.

— Et tâchez de faire bon ménage avec lui ! » crut devoir ajouter Gildas Trégomain en guise de consolation.

Ben-Omar fila par le plus court dans la direction d'Alexandrie, jurant qu'on ne l'y prendrait plus à se lancer sur la piste des trésors!

Le lendemain, maître Antifer, Gildas Trégomain et Juhel étaient de retour à Saint-Malo. Et quel accueil reçurent-ils de leurs compatriotes?... L'accueil fut assez sympathique, bien que certains mauvais plaisants n'eussent pas laissé de dauber ces étonnants voyageurs, revenus Gros-Jean comme devant — ou à peu près.

Nanon et Énogate n'eurent que d'affectueuses consolations pour leur frère, oncle, cousin et ami. On s'embrassa à l'étouffade, et la maison reprit son train habituel.

C'est alors que maître Antifer, dans l'impossibilité de pouvoir constituer une dot de millionnaire à son neveu et à sa nièce, ne refusa plus son consentement à leur mariage, — sous cette forme aimable d'ailleurs:

« Pour Dieu, qu'ils fassent ce qui leur plaît, et qu'on me laisse tranquille! »

Il fallut se contenter de cet acquiescement. On se livra aux préparatifs de la noce. Maître Antifer n'y prit aucune part. Il ne quittait guère sa chambre, où il broyait du noir et aussi un nombre incalculable de cailloux, toujours en proie à une sourde colère qui risquait d'éclater au moindre propos.

La cérémonie nuptiale s'accomplit sans qu'on eût pu le décider à y assister.

Les sollicitations de Gildas Trégomain avaient été vaines, et il ne s'était pas gêné pour lui dire :

« Tu as tort, mon ami !

— Soit.

— Tu fais de la peine à ces enfants... Je te demande...

— Et moi je te prie de me ficher la paix, gabarier ! »

Enfin Énogate et Juhel furent mariés, et, au lieu de deux chambres dans la maison de la rue des Hautes-Salles, ils n'en eurent plus qu'une seule. Lorsqu'ils la quittaient, c'était pour aller passer, avec Nanon, quelques bonnes heures chez le meilleur des hommes, leur ami Trégomain. Là, le plus souvent, on causait de maître Antifer, on s'affligeait de le voir dans cet état d'irritation et d'accablement. Il ne sortait plus, il ne frayait avec personne. Finies, les promenades quotidiennes sur les remparts ou sur les quais du port, la pipe à la bouche! On eût dit qu'il avait honte de se montrer, après un si retentissant échec, et, au fond, il y avait de cela.

« J'ai peur que sa santé tourne à mal, disait Énogate, dont les beaux yeux s'attristaient, lorsqu'elle parlait de son oncle.

— J'en ai peur aussi, ma fille, répondait Nanon, et, chaque jour, je prie Dieu pour qu'il rende un peu de calme à mon frère!

— Abominable pacha! s'écriait Juhel. Il avait bien besoin de venir jeter ses millions dans notre existence...

— Surtout des millions qu'on n'a pas trouvés! répondait Gildas Trégomain. Et pourtant... ils sont là... quelque part... et si on avait pu lire les dernières notices jusqu'au bout!... »

Un jour, le gabarier dit à Juhel :

« Sais-tu ce que je pense, mon garçon?...

— Que pensez-vous, monsieur Trégomain?

— C'est que ton oncle serait moins démonté, s'il avait appris en quel endroit gisait le trésor, quand bien même il n'aurait jamais dû mettre la main dessus !

— Peut-être avez-vous raison, monsieur Tré-

gomain. Ce qui l'enrage, c'est d'avoir eu en
main ce document où était indiqué le gisement de l'îlot numéro quatre, et de n'avoir pu
en déchiffrer les lignes de la fin.

— C'aurait été définitif, cette fois! répondit
le gabarier. Le document était formel à cet
égard...

— Du reste, mon oncle l'a gardé, il l'a toujours sous les yeux, il passe son temps à le
lire et à le relire...

— En pure perte, mon garçon, et il faut
bien, malheureusement, en prendre son parti!.... Jamais on ne retrouvera le trésor de Kamylk-Pacha... jamais! »

C'était infiniment probable.

Mentionnons que, quelques jours après le
mariage, on avait été informé de ce qui était
arrivé à ce misérable Saouk. Si le coquin n'a-
vait pu précéder maître Antifer et les autres
au Spitzberg, c'est qu'il s'était laissé pincer à
Glasgow, au moment où il s'embarquait pour
les parages arctiques. On n'a point oublié le
retentissement qu'avait eu l'affaire Tyrcomel,
l'agression dont le révérend s'était tiré à grand'-
peine, et en quelles conditions les chiffres de
la fameuse latitude avaient été lus sur son

épaule. De là, vive émotion chez la police édimbourgeoise, et mesures prises pour s'assurer de la personne de l'agresseur, dont le clergyman avait pu donner un signalement très précis.

Or, le matin de l'attentat, sans même revenir à *Gibb's Royal Hotel*, Saouk s'était jeté dans le train de Glasgow. Dans ce port, il espérait trouver un navire à destination de Bergen ou de Drontheim. Au lieu de s'embarquer sur la côte est de l'Écosse, comme l'avait fait maître Antifer, il partirait de la côte ouest. La route serait à peu près la même, et il comptait bien atteindre le but, avant les légitimes héritiers de Kamylk-Pacha.

Par malheur pour lui, il dut attendre toute une semaine à Glasgow qu'il s'offrit un navire en partance, et, par bonheur pour la justice humaine, il fut reconnu au moment où il allait y prendre passage. Arrêté aussitôt, on le condamna à plusieurs années de prison, — ce qui lui avait épargné un voyage au Spitzberg, — voyage dont il n'eût tiré aucun profit, d'ailleurs.

La conclusion de cet ensemble de faits, depuis les premières explorations opérées au

golfe d'Oman jusqu'aux dernières recherches
pratiquées dans la mer Arctique, c'est que le
trésor resterait certainement enfoui là où son
malavisé propriétaire l'avait confié aux entrailles d'un îlot. De cela, il n'y aurait qu'un
homme, un seul, à ne point s'en plaindre, et
même à en remercier le ciel : ce serait le
révérend Tyrcomel. Rien qu'à un franc la
pièce, que de millions de péchés eussent été
commis en ce bas monde, si les richesses du
pacha se fussent répandues sur la fragile hu-
manité !

Cependant les jours s'écoulaient. Juhel et
Énogate auraient joui d'un bonheur sans mé-
lange, n'eût été l'état véritablement lamentable de leur oncle. D'autre part, le jeune capitaine ne voyait pas s'approcher sans un ser-
rement de cœur le moment où il devrait quitter
sa chère femme, sa famille, ses amis. La con-
struction du trois-mâts-barque de la maison
Le Baillif avançait, et l'on sait que le com-
mandement en second de ce navire était ré-
servé à Juhel. Belle et bonne position, à son
âge. Six mois encore, et il aurait pris la mer
pour un voyage aux Indes.

Juhel s'entretenait souvent de ces choses

avec Énogate. La jeune femme se sentait toute triste à la pensée qu'il lui faudrait se séparer de son mari. Mais, dans les ports, les familles ne sont-elles pas accoutumées à ces séparations? Énogate, ne voulant point exprimer ses plaintes à un point de vue personnel, mettait en cause l'oncle Antifer... Ce serait un gros chagrin pour son neveu de l'abandonner en un pareil état, et qui sait s'il le retrouverait au retour?...

Entre temps, Juhel revenait sans cesse à ce document incomplet, aux dernières lignes presque illisibles du vieux parchemin. Oui!... dans ces lignes, existait un commencement de phrase, à laquelle il ne cessait de songer jusqu'à l'obsession.

C'était celle-ci : « Il suffit de mener... »

Mener... quoi?...

Et puis ces mots : « îlot... situé..., loi... géométrique... pôle... »

De quelle loi géométrique s'agissait-il?... Rattachait-elle les divers îlots entre eux?... Le pacha ne les avait-il donc pas choisis au hasard?... N'était-ce pas une pure fantaisie qui l'avait successivement conduit au golfe d'Oman, à la baie Ma-Yumba, au Spitzberg?...

A moins que le riche Égyptien, porté, comme il a été dit, aux fantaisies mathématiques... n'eût voulu donner quelque problème à résoudre?...

Quant au mot « pôle », pouvait-on admettre qu'il s'appliquait aux extrémités de l'axe de la terre? Non, cent fois non!... Mais alors quelle signification lui attribuer?...

Juhel se creusait la tête pour obtenir une solution quelconque, et n'y arrivait point.

« Pôle... pôle... là peut-être est le nœud?... » se répétait-il.

Souvent, il en causait avec le gabarier, et Gildas Trégomain approuvait Juhel de s'acharner à ces casse-tête chinois... depuis qu'il ne mettait plus en doute l'existence des millions.

« Cependant, mon garçon, lui disait-il, il ne faudrait pas te rendre malade à chercher ce mot de rébus...

— Eh! monsieur Trégomain, ce n'est pas pour moi, je vous assure!... Je me moque du trésor comme d'une poulie de rebut!... C'est pour mon oncle...

— Oui... pour ton oncle, Juhel!... Il est certain que c'est dur!... Avoir eu là... sous les

18

yeux... ce document... et n'avoir pu... Ainsi...
tu n'es pas sur la trace?...

— Non, monsieur Trégomain, et cependant,
il y a le mot « géométrique », dans la phrase,
et ce n'est pas sans raison que le document
indique l'existence d'un rapport géométrique... Et puis, « il suffit de mener... » quoi?...

— Voilà... quoi?... répétait le gabarier.

— Et surtout ce mot pôle dont je ne par-
viens pas à comprendre le sens!...

— Quel malheur, mon garçon, que je n'en-
tende goutte à tout cela!... J'aurais pu t'aider
à gouverner droit. »

Deux mois s'écoulèrent. Rien de changé ni à
l'état moral de maître Antifer, ni en ce qui
concernait la solution du problème.

Un jour, le 15 octobre, avant le déjeuner,
Énogate et Juhel étaient dans leur chambre.
Il faisait un peu froid. Un bon feu flambait
dans la cheminée.

La jeune femme, ses mains abandonnées aux
mains de Juhel, le regardait silencieusement.
En le voyant si préoccupé, elle voulut donner
un autre cours à ses pensées.

« Mon Juhel, lui dit-elle, tu m'as écrit souvent pendant ce malheureux voyage, qui nous

a causé tant de peine! Je relisais sans cesse
tes lettres, et je les ai conservées précieuse-
ment...

— Elles ne nous rappellent plus que de tristes
souvenirs, ma chérie..

— Oui... et pourtant j'ai tenu à les garder...
Je les garderai toujours!... Mais, ces lettres,
elles n'ont pu me dire tout ce qui vous était arrivé, et, ce voyage, tu ne me l'as jamais raconté en détail... Veux-tu me le raconter aujourd'hui?...

— A quoi bon?...

— Cela me fera plaisir!... Il me semble que
je serai avec toi en bateau... en chemin de
fer... en caravane...

— Ma mignonne, il faudrait une carte afin
que je pusse t'indiquer point par point notre
itinéraire...

— Eh bien, voici un globe terrestre...
Est-ce que cela ne peut suffire?...

— Parfaitement. »

Énogate alla prendre sur le secrétaire de
Juhel une sphère montée sur un pied métallique, qu'elle posa sur la table devant la cheminée.

Juhel, voyant que cela ferait tant de plaisir

à Énogate, s'assit près d'elle, tourna le globe du côté de l'Europe, et, du doigt, indiquant la ville de Saint-Malo.

« En route! » dit-il.

Leurs deux têtes penchées se touchaient, et on ne sera pas surpris s'il y eut quelques baisers échangés entre les divers points du parcours.

D'un premier bond, Juhel sauta de la France à l'Égypte, où maître Antifer et ses compagnons avaient atteint Suez. Puis, son doigt franchit la mer Rouge, la mer des Indes, et vint se placer sur l'État de l'iman de Mascate.

« Ainsi... Mascate, c'est là... dit Énogate, et l'îlot numéro un en est tout près?...

— Oui... un peu au large dans le golfe. »

Puis, faisant tourner le globe, Juhel gagna Tunis, où l'on avait rejoint le banquier Zambuco. Il traversa toute la Méditerranée, il s'arrêta à Dakar, il coupa l'Équateur, il descendit la côte africaine, et se fixa sur la baie Ma-Yumba.

« Là est l'îlot numéro deux?... demanda Énogate.

— Oui, petite femme. »

Alors il fallut remonter le long de l'Afri-

que, sillonner l'Europe, faire halte à Édimbourg, où l'on avait pris contact avec le révérend Tyrcomel. Enfin, pointant vers le nord,
les deux jeunes époux mirent le doigt sur les
roches désertes du Spitzberg.

« Voici l'ilot numéro trois?... s'écria Énogate.

— Oui, ma chérie, l'ilot numéro trois, où
nous attendait la plus désagréable des déconvenues qui ont marqué cette stupide aventure ! »

Énogate était restée silencieuse, regardant
la sphère...

« Mais pourquoi votre pacha a-t-il été choisir
ces trois îlots-là... l'un après l'autre?... de-
manda-t-elle.

— C'est bien ce que nous ne savons pas, et
ce que nous ne saurons jamais, sans doute !

— Jamais?...

— Et cependant ces trois ilots doivent être
rattachés entre eux par une loi géométrique,
si l'on s'en rapporte au dernier document... Et
puis, il y a ce mot pôle qui me tracasse... »

Et, en parlant de la sorte, se répondant pour
ainsi dire aux questions qu'il s'était tant de
fois posées, Juhel devint rêveur. En ce mo-

ment, il semblait que toute la pénétration de son intelligence s'appliquât à résoudre enfin cet obscur problème.

Or, tandis qu'il demeurait songeur, Énogate, ayant rapproché le globe, s'amusait à parcourir du doigt l'itinéraire que lui avait indiqué Juhel. Son index s'était d'abord posé sur Mascate, puis en traçant une courbe, était revenu vers Ma-Yumba, puis en continuant la même courbe, était remontée vers le Spitzberg, puis la poursuivant encore, était revenue au point de départ.

« Tiens, dit-elle en souriant, cela fait un rond... Vous avez voyagé en rond...

— En rond?...

— Oui... mon ami... une circonférence... un voyage circulaire...

— Circulaire! » s'écrie Juhel.

Il s'est levé... Il fait quelques pas dans la chambre, répétant ce mot :

« Une circonférence... une circonférence!... »

Alors il retourne vers la table... il prend la sphère... A son tour il décrit du doigt la courbe de l'itinéraire sur le globe, et pousse un cri...

Énogate, effrayée, l'observe. Est-ce qu'il

est devenu fou, lui aussi... comme son oncle?...
Elle le regarde, tremblante... les larmes aux
yeux...

Enfin Juhel pousse un second cri.

« J'ai trouvé... j'ai trouvé!...

— Quoi?

— L'îlot numéro quatre! »

Bien sûr, le jeune capitaine n'a plus sa
raison... L'îlot numéro quatre?... C'est impossible!

« Monsieur Trégomain... monsieur Trégomain! » crie Juhel, qui vient d'ouvrir la fenêtre et appelle son voisin...

Puis, il revient vers le globe, il l'inter-
roge... On dirait qu'il cause avec cette boule
de carton...

Une minute après, le gabarier est dans la
chambre, et le jeune capitaine de lui lancer en
pleine figure :

« J'ai trouvé...

— Qu'as-tu trouvé, mon garçon?

— J'ai trouvé comment les trois îlots sont
reliés géométriquement, et quelle est la place
que doit occuper l'îlot numéro quatre...

— Est-il Dieu possible! » réplique Gildas
Trégomain.

Et, à voir l'attitude de Juhel, il se demande, comme Énogate, si le jeune capitaine n'est pas devenu fou.

« Non, répond Juhel, qui l'a compris, non... et j'ai bien toute ma raison!... Écoutez...

— J'écoute!

— Les trois îlots sont situés à la circonférence d'un même cercle. Eh bien, supposons-les tous les trois dans un même plan, réunissons-les deux à deux par une ligne droite, — la ligne « qu'il suffit de mener », comme dit le document, — et élevons une perpendiculaire au centre de chacune de ces deux lignes... Ces deux perpendiculaires se rencontreront au centre du cercle, et c'est à ce point central, à ce « pôle » puisqu'il s'agit d'une calotte sphérique, qu'est nécessairement situé l'îlot numéro quatre! »

Très simple problème de géométrie, on le voit, et qu'une simple fantaisie de Kamylk-Pacha, d'accord avec le capitaine Zô, avait voulu mettre en pratique!... Et si cette solution n'était pas venue plus tôt à l'esprit de Juhel, c'est qu'il n'avait pas remarqué que les trois îlots occupaient trois points d'une même circonférence.

Et c'était le joli petit doigt d'Énogate qui venait de la tracer, cette trois fois bénie circonférence, — ce qui avait résolu le problème...

« Pas possible! répétait le gabarier.

— C'est comme cela, monsieur Trégomain, et regardez bien afin de vous convaincre! »

Plaçant alors le globe devant le gabarier, il traça la circonférence sur laquelle étaient situés les trois îlots, en passant par les points suivants, que Kamylk-Pacha aurait tout aussi bien pu choisir : Mascate, détroit de Bab-el-Mandeb, Équateur, Ma-Yumba, îles du Cap Vert, Tropique du Cancer, cap Farewell au Groënland, île Sud-Est du Spitzberg, îles Amirauté, mer de Kara, Tobolsk en Sibérie, Hérat en Perse. Donc, si Juhel avait raison, l'îlot numéro quatre devait former le point central de cette circonférence, car, ce qui est vrai pour un cercle décrit sur un plan, est vrai aussi pour une calotte de sphère dont le pôle forme le centre.

Gildas Trégomain n'en revenait pas. Le jeune capitaine allait et venait, ne se possédant plus, embrassant le globe terrestre, mais embrassant aussi les deux joues d'Énogate, plus fraîches que ce cartonnage peinturluré, et répétant :

« C'est elle qui a trouvé cela, monsieur Trégomain... Sans elle... je n'aurais jamais eu cette idée !... »

Et, tandis qu'il s'abandonne à la joie, voilà Gildas Trégomain qui se sent également pris d'une sorte de « *delirium jubilans* ». Ses jambes se jettent de côté, son buste se balance, ses bras s'arrondissent avec la grâce d'une sylphide qui pèserait deux cents kilos, et il roule de tribord sur bâbord, plus que ne l'a jamais fait la *Charmante-Amélie* entre les rives de la Rance, ou le *Portalègre* avec sa cargaison d'éléphants, répétant d'une voix formidable la chanson de Pierre-Servan-Malo :

> J'ai la lou...
> Lon la !
> J'ai la gi...
> Lon li !
> J'ai la gi... j'ai la longitude !

Mais tout finit par se calmer ici-bas.

« Il faut prévenir mon oncle ! dit Énogate.

— Le prévenir ?... répliqua Gildas Trégomain, un peu surpris de cette proposition. Est-ce qu'il est prudent qu'il sache?...

— Cela mérite réflexion ! » répondit Juhel.

On appela Nanon. La vieille Bretonne fut mise au courant en quelques mots, et, lorsque Juhel lui eut demandé ce qu'il convenait de faire vis-à-vis de son frère :

« Nous ne devons rien lui cacher, répliqua-t-elle.

— Mais si c'est encore une déception qui l'attend, observa Énogate, notre pauvre oncle pourra-t-il la supporter?...

— Une déception?... s'écria le gabarier. Non, cette fois; non!...

— Le dernier document porte que le trésor est bien enterré dans l'ilot numéro quatre, ajouta Juhel, et l'ilot numéro quatre est situé au centre du cercle que nous avons parcouru, je l'affirme cette fois...

— Je vais chercher mon frère, » se contenta de répondre Nanon.

Un instant après, maître Antifer arrivait dans la chambre de Juhel. Toujours le même, œil hagard, physionomie sombre, front chargé de soucis.

« Qu'y a-t-il ? »

Et il demanda cela de ce ton d'effarement sinistre, où l'on sentait couver une éternelle colère.

Juhel lui fit connaître ce qui s'était passé, comment le lien géométrique des trois îlots venait d'être découvert, et pour quelles raisons l'îlot numéro quatre devait nécessairement occuper le point central de cette circonférence.

A l'extrême surprise de tous, maître Antifer ne se laissa point aller à sa nervosité habituelle. Il ne sourcilla même pas. On eût dit qu'il s'attendait à cette communication, qu'elle devait se produire tôt ou tard, qu'elle n'avait rien que de très naturel.

« Où est ce point central, Juhel ? » se borna-t-il à dire.

Au fait, cette question ne laissait pas d'être des plus intéressantes.

Juhel plaça le globe au milieu de la table. Une règle flexible et un tire-ligne à la main, comme s'il eût opéré sur une surface plane, il joignit par une ligne Mascate à Ma-Yumba et par une seconde ligne Ma-Yumba au Spitzberg. Sur ces deux lignes, en leur milieu respectif, il éleva deux perpendiculaires, dont le croisement s'effectua précisément au centre du cercle.

Ce centre tombait dans la Méditerranée, entre la Sicile et le cap Bon, très voisin de l'île Pantellaria.

« Là... mon oncle... là! » dit Juhel.

Et, après avoir relevé avec soin le méridien et le parallèle, il prononça d'une voix ferme :

« Trente-sept degrés vingt-six minutes de latitude nord, et dix degrés trente-trois minutes de longitude à l'est du méridien de Paris.

— Mais y a-t-il là un îlot?... demanda Gildas Trégomain.

— Il doit y en avoir un, répondit Juhel.

— S'il y en a un... je te crois, gabarier, répliqua maître Antifer, je te crois!... Ah! mille millions de milliards de milliasses de malheurs, il ne manquait plus que cela!!! »

Et, sur ce juron, hurlé d'une voix formidable qui fit grelotter les vitres, il quitta la chambre d'Énogate, se renferma dans la sienne, et ne reparut plus de toute la journée.

19

XVI

Chapitre à consulter par ceux de nos petits-neveux qui
vivront quelques centaines d'années après nous.

S'il n'était pas définitivement fou, l'ex-
capitaine au grand cabotage, que signifiait
cette attitude, au moment où la véritable
situation de l'îlot numéro quatre, celui qui
contenait le trésor de Kamylk-Pacha, venait
de lui être révélée?

Pendant les jours suivants — complet et
incompréhensible avatar, — Pierre-Servan-
Malo avait repris ses habitudes, ses promenades sur les remparts et sur le port, fumant
sa pipe, broyant ses cailloux. Il n'était plus le
même. Une sorte de sourire sardonique s'était
stéréotypé sur ses lèvres. Il ne faisait aucune
allusion au trésor, ni aux voyages passés, ni à

une dernière expédition qui lui eût permis de
mettre la main sur ces millions tant cherchés !

Gildas Trégomain, Nanon, Énogate et Juhel
n'en revenaient point. A chaque instant, ils
s'attendaient à ce que maître Antifer leur
criât « en route ! » et il ne le criait pas !...

« Qu'a-t-il ? demandait Nanon.

— On nous l'a changé ! répondait Juhel.

— C'est peut-être la peur d'épouser Mlle Talisma Zambuco ! faisait observer Gildas Trégomain. N'importe... Il n'est pas possible de
laisser perdre tant de millions ! »

Bref, revirement absolu dans les idées du
gabarier. C'était lui maintenant qui « jouait
les Antifer ! » C'était lui que tourmentait à
son tour l'appétit de l'or ! Il était logique,
d'ailleurs. Comment, alors qu'on ne savait
pas si on trouverait un îlot, on courait à sa
recherche, et depuis que le gisement était
connu, il n'était plus question de se mettre en
route ?...

Le gabarier en parlait sans cesse à Juhel.

« A quoi bon ! » répondait le jeune capitaine.

Il en parlait à Nanon.

« Bah ! laissez donc ce trésor où il est ! »

Il en parlait à Énogate.

« Voyons, petite, trente-trois millions dans ta poche !...

— Tenez, monsieur Trégomain, voilà trente-trois baisers !... Cela vaut mieux. »

Enfin il se décida à poser la question à maître Antifer, et, quinze jours après la dernière scène :

« Ah çà... et l'îlot ?... lui dit-il.

— Quel îlot, gabarier ?

— L'îlot de la Méditerranée !... Il existe, je suppose ?...

— S'il existe, gabarier ?... Je suis plus certain de son existence que de la tienne et de la mienne !

— Alors pourquoi n'y allons-nous pas ?...

— Y aller, marin d'eau douce ?... Attendons pour cela qu'il nous ait poussé des nageoires ! »

Qu'est-ce que signifiait une pareille réponse ? Gildas Trégomain s'usait l'intellect à le vouloir comprendre. Mais il ne se décourageait pas. Après tout, les trente-trois millions, ce n'était pas pour lui, c'était pour les enfants... Des amoureux, ça ne songe pas à l'avenir... Il fallait y songer pour eux !

Bref, il fit tant et tant, qu'un beau jour maître Antifer lui répliqua :

« Ainsi c'est toi qui demandes à partir?...

— C'est moi, mon ami.

— Ton avis est qu'il le faut?...

— Qu'il le faut... et plutôt aujourd'hui que demain!

— Soit... partons! »

Et, de quel ton le Malouin prononça ce dernier mot!

Mais, avant le départ, il convenait de prendre une résolution à l'égard du banquier Zambuco et du notaire Ben-Omar. Leur position de cohéritier et d'exécuteur testamentaire exigeait qu'ils fussent : 1° prévenus de la découverte de l'îlot numéro quatre ; 2° invités à se trouver tel jour audit îlot, l'un pour toucher sa part et l'autre son tantième.

Ce fut maître Antifer qui, peut-être plus encore que le gabarier, tint à ce que tout se passât régulièrement. Deux dépêches furent donc adressées à Tunis et à Alexandrie, donnant rendez-vous aux deux intéressés pour le 23 octobre, en Sicile, à Girgenti, la ville la plus voisine du gisement de ce dernier îlot, afin de prendre possession du trésor.

Quant au révérend Tyrcomel, sa part lui serait envoyée en temps et lieu, et libre à lui de jeter ses millions dans le Forth, s'il avait peur de s'y brûler les doigts !

Pour Saouk, il n'y avait pas lieu de s'en occuper. On ne lui devait rien, et il méritait d'achever tranquillement ses quelques années de prison dans les cachots du « jail » d'Édimbourg.

Le voyage décidé, personne ne s'étonnera que, cette fois, Gildas Trégomain tînt absolument à en être. Ce qui eût paru plus étonnant, ce serait qu'Énogate n'en eût pas été. Ce n'est pas deux mois après son mariage que Juhel eût consenti à se séparer de sa femme et qu'Énogate aurait hésité à le suivre.

Que durerait cette nouvelle exploration ? Oh ! peu de temps, à coup sûr. On ne ferait qu'aller et venir. On ne courrait point à la recherche d'un cinquième document. Il était certain que Kamylk-Pacha n'avait pas ajouté d'autres maillons à la chaîne de ses îlots, suffisamment longue déjà. Non ! la notice était formelle, le trésor gisait sous une des roches de l'îlot numéro quatre, et cet îlot occupait mathématiquement la place relevée entre la côte de la Sicile et l'île Pantellaria.

« Seulement, il doit être d'assez mince

importance, puisqu'il ne figure point sur les cartes! fit observer Juhel.

— Probablement! » répondit maître Antifer avec un ricanement à la Méphisto.

C'était incompréhensible!

On résolut d'abord d'utiliser les plus rapides moyens de communication, c'est-à-dire autant que faire se pourrait, les chemins de fer. Il existait déjà une ligne ininterrompue de rails à travers la France et l'Italie depuis Saint-Malo jusqu'à Naples. Nulle nécessité de regarder à la dépense, puisqu'on palperait une trentaine de millions.

Le 16 octobre au matin, Nanon reçut les adieux des voyageurs, qui s'embarquèrent dans le premier train. A Paris, où ils ne s'arrêtèrent même pas, ils prirent le rapide de Paris-Lyon, ils franchirent la frontière franco-italienne, ils ne virent rien ni de Milan, ni de Florence, ni de Rome, et ils arrivèrent à Naples dans la soirée du 20 octobre. Gildas Trégomain était aussi confiant dans le résultat de cette nouvelle campagne qu'exténué par cent heures de trépidation continue sur un chemin de fer.

Dès le lendemain, en quittant l'*Hôtel Victoria*, maître Antifer et Gildas Trégomain,

Juhel et Énogate arrêtèrent leur passage sur
le bateau à vapeur qui fait le service de Palerme, et, après une jolie traversée d'un
jour, ils débarquèrent dans la capitale de la
Sicile.

Ne croyez point qu'il fut question d'en visiter
les merveilles! Cette fois, Gildas Trégomain ne
songeait même pas à rapporter un fugitif souvenir de ce dernier voyage, ni à assister pieu-
sement à ces fameuses Vêpres siciliennes dont
il avait entendu parler. Non! pour lui, dans sa
pensée, Palerme n'était pas la cité célèbre
dont s'emparèrent successivement les Nor-
mands, les Français, les Espagnols, les Anglais... C'était simplement le point de départ
des voitures publiques, malles-poste ou dili-
gences, qui vont deux fois par semaine à
Corleone en neuf heures, et de Corleone à
Girgenti, également deux fois par semaine,
en douze heures.

Or, c'était à Girgenti que nos voyageurs
avaient affaire, et c'est dans cette ancienne
Agrigente, située sur la côte méridionale de
l'île, qu'ils avaient donné rendez-vous au
banquier Zambuco et au notaire Ben-Omar.

Peut-être ce genre de locomotion expose-t-il

IX

« NE T'OCCUPE PAS TANT DE TA FEMME. » (Page 322.)

19.

à certains incidents ou accidents ? Les routes postales ne sont pas trop sûres. Il y a encore des brigands en Sicile, il y en aura toujours. Ils poussent là comme les oliviers ou les aloës.

Quoi qu'il en soit, la diligence partit le lendemain, et le voyage s'accomplit sans encombre. On atteignit Girgenti dans la soirée du 24 octobre, et si l'on n'était pas arrivé au but, du moins en était-on bien près...

Le banquier et le notaire se trouvaient au rendez-vous, l'un venu d'Alexandrie, l'autre venu de Tunis. O inextinguible soif de l'or, de quoi tu es capable !

En s'abordant, les deux cohéritiers n'échangèrent pas d'autre propos que ceux-ci :

« Sûr de l'îlot, cette fois?...

— Sûr! »

Mais de quel ton sarcastique avait répondu maître Antifer, et quel regard ironique dardait sa prunelle !

Trouver un bateau quelconque à Girgenti, cela ne pouvait être ni long ni difficile. Les pêcheurs ne manquent point dans ce port, ni même les caboteurs — balancelles, tartanes, felouques, speronares, ou tout autre échantillon de la marine méditerranéenne.

D'ailleurs, il ne s'agissait que d'une courte
excursion en mer — quelque chose comme
une promenade d'une quarantaine de milles,
à l'ouest de la côte. Avec un vent portant, en
démarrant le soir même, le lendemain on serait sur le gisement assez à temps pour faire
le point avant midi.

Le bateau fut nolisé. Il se nommait la
Providenza. C'était une felouque d'une trentaine de tonneaux, commandée par un vieux
loup de mer, — *lupus maritimus*, — lequel,
depuis une cinquantaine d'années, fréquentait
ces parages. Et s'il les connaissait!... A pouvoir
naviguer les yeux fermés depuis la Sicile
jusqu'à Malte, depuis Malte jusqu'au littoral
tunisien!

« Il est parfaitement inutile de lui apprendre ce que nous allons faire, Juhel! »

Et, cette recommandation du gabarier, Juhel
l'estima fort prudente.

Le patron de la felouque avait nom Jacopo
Grappa. Et décidément comme la chance s'é-
tait déclarée pour les héritiers de Kamylk-
Pacha, ce Jacopo Grappa, s'il ne parlait pas
le français, le baragouinait assez pour comprendre et être compris.

Et puis, autre bonheur — un bonheur inso-
lent! On était en octobre, presque dans la
mauvaise saison... Il y avait mille raisons pour
que le temps fût peu favorable... la mer
grosse... le ciel couvert... Eh bien, non! Le
froid piquait déjà, l'air était sec, la brise
soufflait de terre, et lorsque la *Providenza*
mit dehors tout dessus, une magnifique lune
déborda de ses rayons les hautes montagnes
de la Sicile.

Jacopo Grappa n'avait pour équipage que
cinq hommes, — équipage qui s'entendait aux
manœuvres de la felouque. Le léger bâtiment
filait grand largue sur une nappe tranquille,
— si tranquille que Ben-Omar lui-même ne
ressentit aucune atteinte du mal de mer.
Jamais il n'avait été favorisé d'une navigation
si exceptionnelle!

La nuit s'écoula sans incidents, et l'aurore
du lendemain annonça une journée superbe.

Étonnant, ce Pierre-Servan-Malo! Il se promenait sur le pont, les mains dans les poches,
la pipe à la bouche, affectant une parfaite
indifférence. A le voir ainsi, Gildas Trégomain, très surexcité, lui, n'en pouvait croire
ses yeux. Il avait pris place à l'avant. Énogate

et Juhel étaient l'un près de l'autre. La jeune femme s'abandonnait au charme de cette traversée. Ah! que ne pouvait-elle suivre son époux partout où l'entraîneraient les hasards de ses campagnes au long cours!

De temps en temps, Juhel se rapprochait du timonier, vérifiait la direction suivie, c'est-à-dire si la *Providenza* gardait bien le cap à l'ouest. En tenant compte de la vitesse, il estimait que, vers onze heures, la felouque devrait être rendue sur les parages tant désirés. Puis, il revenait près d'Énogate, — ce qui lui valut plus d'une fois cette admonestation de Gildas Trégomain :

« Ne t'occupe pas tant de ta femme, Juhel, et un peu plus de notre affaire! »

Maintenant, il disait « notre affaire! » le gabarier! Oh! combien changé! Mais n'était-ce pas dans l'intérêt de ces enfants?

A dix heures, il n'y avait aucune apparence de terre. Et, de fait, en cette partie de la Méditerranée, entre la Sicile et le cap Bon, on ne rencontre d'autre île importante que Pantellaria. Or, il ne s'agissait pas d'une île, il s'agissait d'un îlot, d'un simple îlot, et pas le moindre au large...

Et lorsque le banquier et le notaire regardaient maître Antifer, c'est à peine s'ils pouvaient apercevoir son œil fulgurant, sa bouche fendue jusqu'aux oreilles, à travers les tourbillons bleuâtres de sa pipe poussée à grand feu !

Jacopo Grappa ne comprenait rien à la direction qu'on donnait à la felouque. Ses passagers avaient-ils donc l'intention de rallier le littoral tunisien? Peu lui importait, en somme. On le payait, d'un bon prix, pour aller dans l'ouest, et il irait tant qu'on ne lui commanderait pas de virer de bord.

« Donque, dit-il à Juhel, c'est toujours plous au couchant la route à souivre?...

— Oui.

— *Va bene !* »

Et il allait *bene.*

A dix heures un quart, Juhel, son sextant à la main, fit sa première observation ; il reconnut que la felouque était par 37°30′ de latitude nord, et 10°33′ de longitude est.

Tandis qu'il opérait, maître Antifer le regardait obliquement en clignant de l'œil.

« Eh bien, Juhel?...

— Mon oncle, nous sommes juste en longitude, et nous n'avons plus qu'à descendre de quelques milles dans le sud!

— Alors descendons, mon neveu, descendons!... Je crois même que nous ne descendrons jamais assez! »

Comprenez donc un mot à ce que dit le plus extraordinaire des Malouins passés, présents et futurs!

La felouque laissa porter sur bâbord, afin de se rapprocher de Pantellaria.

Le vieux patron, l'œil plissé, la lèvre pincée, se perdait en conjectures. Aussi, comme Gildas Trégomain se trouvait près de lui, il ne put s'empêcher de lui demander à voix basse ce qu'il venait chercher dans ces parages.

« Notre mouchoir que nous avons perdu par ici! répondit le gabarier, en homme que la mauvaise humeur commence à gagner, si excellente que fût sa nature.

— *Va bene*, signor! »

A midi moins le quart, il n'y avait encore aucun amas de roches en vue. Et, cependant, la *Providenza* devait être sur le gisement de l'îlot numéro quatre...

Et rien... rien... si loin que la vue pouvait s'étendre!

Par le hauban de tribord, Juhel se hissa en tête du mât. De là, son regard embrassait un horizon de douze à quinze milles environ...

Rien... toujours rien !

Lorsqu'il redescendit sur le pont, Zambuco, flanqué du notaire, s'approcha et, d'une voix inquiète :

« L'îlot quatre ?... demanda-t-il.

— Il n'est pas en vue !

— Es-tu bien sûr de ton point?... ajouta maître Antifer d'un ton goguenard.

— Sûr, mon oncle !

— Alors, mon neveu, il faut croire que tu ne sais même plus faire une observation... »

Le jeune capitaine fut touché au vif, et comme la rougeur lui montait au front, Énogate le calma d'un geste suppliant.

Gildas Trégomain crut devoir intervenir, et s'adressant au vieux patron :

« Grappa?... dit-il.

— A vos ordres.

— Nous sommes à la recherche d'un îlot...

— Si, signor.

— Est-ce qu'il n'y a pas un îlot dans ces parages?...

— Oune îlot ?...

— Oui.

— Oune îlot que vous disez?...

— Un îlot... on te demande un îlot! répéta maître Antifer, qui haussa les épaules. Entends-tu... un joli petit îlot!... îlili... îlolot!... Est-ce que tu ne comprends pas?...

— Faisez excouse, Excellence! C'est bien oune îlot que vous cherchez?...

— Oui... dit Gildas Trégomain. En existe-t-il un?...

— Non, signor.

— Non?...

— Non!... Mais il y en a ou oune... et même que je l'ai voue et que j'ai débarqué à sa sourface!

— Sa surface?... répéta le gabarier.

— Mais il a disparou...

— Disparu?... s'écria Juhel.

— Si, signor... depuis trente et oun ans... vienne la San Loucia!...

— Et quel était cet îlot?... demanda Gildas Trégomain, en joignant les mains.

— Eh! mille gabares, gabarier, s'écria maître Antifer, c'était l'îlot ou plutôt l'île Julia!»

L'île Julia!... Quelle révélation se fit aussitôt dans l'esprit de Juhel.

Oui! effectivement, l'île Julia, ou Ferdinan-
dea, ou Hotham, ou Graham, ou Nerita — de
quelque nom qu'il plaise de l'appeler, — cette
île avait apparu à cette place le 28 juin 1831.
Comment aurait-on pu douter de son existence?
Le capitaine napolitain Corrao était présent au
moment où se manifestait l'éruption sous-marine qu'il avait produite. Le prince Pignatelli
avait observé la colonne qui brillait au centre
de l'île nouvellement née avec une lumière
continue comme une gerbe de feu d'artifice.
Le capitaine Irton et le docteur John Davy
avaient été témoins de ce merveilleux phénomène. Durant deux mois, l'île, recouverte de
scories et de sable chauds, fut praticable aux
piétons. C'était le fond sous-marin qu'une
force plutonique avait ramené par voie de sou-
lèvement à la surface des eaux.

Puis, au mois de décembre 1831, le massif
rocheux s'était rabaissé, l'île avait disparu, et
cette portion de la mer n'en avait plus gardé
aucune trace.

Or, ce fut durant ce laps de temps — si
court — que la mauvaise chance conduisit Kamylk-Pacha et le capitaine Zô en cette partie
de la Méditerranée. Ils cherchaient un îlot in-

connu, et, par le ciel! il l'était bien celui qui
venait de paraître en juin pour disparaître en
décembre! Et, maintenant, c'était à une centaine de mètres au fond de cet abîme que gisait le précieux trésor!... Ces millions que le
révérend Tyrcomel, aurait voulu engloutir,
c'était la nature qui avait accompli cette
œuvre moralisatrice, et il n'était plus à
craindre qu'ils se répandissent jamais sur le
monde!...

Et ce qu'il faut dire, c'est que maître Antifer le savait. Lorsque Juhel, trois semaines
avant, lui avait donné le gisement de l'îlot
numéro quatre entre la Sicile et Pantellaria,
il avait aussitôt reconnu qu'il s'agissait de l'île
Julia. Alors qu'il était novice au commerce, il
avait souvent parcouru ces parages, il n'ignorait rien du double phénomène qui s'y était
produit en 1831, cette apparition et cette
disparition d'un îlot éphémère, maintenant
englouti à trois cents pieds de profondeur!...
Ceci bien et dûment établi, après un accès de
colère, le plus terrible de toute son existence,
il en avait pris son parti, il avait renoncé à
jamais s'approprier le trésor de Kamylk-
Pacha!... Et voilà pourquoi il ne parlait plus

d'une dernière campagne de recherches. Et, s'il y avait consenti sous la pression de Gildas Trégomain, s'il s'était lancé dans les dépenses d'un nouveau voyage, c'était uniquement par amour-propre, c'était parce qu'il tenait à ne pas avoir été le plus mystifié dans cette affaire... Et, s'il avait fixé rendez-vous à Girgenti au banquier Zambuco et au notaire Ben-Omar, c'était pour leur donner la leçon que méritait leur duplicité envers lui...

Donc, se retournant vers le banquier maltais et le notaire égyptien :

« Oui ! s'écria-t-il, les millions sont là... sous nos pieds, et si vous voulez en avoir votre part, il n'y a qu'un plongeon à faire !... Allons ! à l'eau, Zambuco !... A l'eau, Ben-Omar ! »

Et si jamais ces deux personnages regrettèrent de s'être rendus à la mystifiante invitation de maître Antifer, ce fut bien en ce moment où l'intraitable Malouin les accablait de ses sarcasmes, oubliant qu'il s'était montré aussi avide qu'eux dans cette chasse au trésor !...

« Maintenant, cap à l'est ! s'écria Pierre-Servan-Malo, et en route pour le pays !

— Où nous vivrons si heureux... dit Juhel.

— Même sans les millions du pacha! dit Énogate.

— Dame!... puisqu'il faut s'en passer! » ajouta Gildas Trégomain d'un ton de résignation comique.

Mais, auparavant, le jeune capitaine, — par curiosité, — voulut faire jeter la sonde à cette place...

Jacopo Grappa obéit en hochant la tête, et, lorsque la corde fut déroulée de trois cents à trois cent cinquante pieds, le plomb heurta une masse résistante...

C'était l'île Julia... C'était l'îlot numéro quatre, perdu à cette profondeur!

Sur l'ordre de Juhel, la felouque vira de bord. Le vent étant contraire, elle dut louvoyer toute la nuit en regagnant le port, — ce qui valut à l'infortuné Ben-Omar dix-huit dernières heures de mal de mer.

La matinée était donc avancée, quand la *Providenza* vint s'amarrer au quai de Girgenti, après cette infructueuse exploration.

Mais, au moment où les passagers allaient prendre congé du vieux patron, celui-ci, s'approchant de maître Antifer, lui dit :

« Excellence?...

— Que veux-tu ?...

— J'ai oune chose à vous dire...

— Parle... mon ami... parle...

— Eh! signor, tout espoir n'est pas perdou!... »

Pierre-Servan-Malo se redressa, et ce fut comme un éclair de suprême convoitise qui illumina son regard.

« Tout espoir?... répondit-il.

— Oui... Excellence!... L'île Joulia a disparou depouis la fin de l'an mil houit cent trente-un, mais...

— Mais...

— Elle remonte depouis l'année mil houit cent cinquante...

— Comme mon baromètre quand il doit faire beau! s'écria maître Antifer en poussant un formidable éclat de rire. Par malheur, lorsque l'île Julia reparaîtra avec ses millions... nos millions!... nous ne serons plus là — pas même toi, gabarier, quand tu devrais mourir plusieurs fois centenaire!...

— Ce qui n'est guère probable! » répliqua l'ex-patron de la *Charmante-Amélie*.

Et cela est vrai, paraît-il, ce que venait de dire le vieux marin. L'île Julia remonte peu à peu à la surface de la Méditerranée...

Aussi, quelques siècles plus tard, peut-être aurait-il été possible de donner un tout autre dénouement à ces mirifiques aventures de maître Antifer !

MAYLANDER

FIN.

TABLE

FIN DE LA SECONDE PARTIE

4461. Paris. — Imp. Gauthier-Villars et fils, 55, q. des Gr.-Augustins.

www.ingramcontent.com/pod-product-compliance
Lightning Source LLC
Chambersburg PA
CBHW070328030726
47505CB00004B/1124